Épictète

De l'attitude à prendre envers les tyrans

et autres textes

Texte établi et traduit du grec ancien par Joseph Souilhé avec la collaboration d'Amand Jagu

Gallimard

Ces textes sont extraits des *Entretiens, Livres I à IV* (Tel n° 232).

Né en Phrygie (Asie Mineure) vers 50, Épictète est avec Sénèque et Marc Aurèle la plus grande figure du stoïcisme romain des deux premiers siècles de notre ère. Il est l'esclave d'un affranchi de Néron, Épaphrodite. Il est à son tour affranchi à Rome où il crée une école renommée de philosophie. Il vécut dans la simplicité, fidèle à l'éthique du renoncement qu'il prônait. Les *Entretiens* sont la transcription de son enseignement oral recueilli par son disciple Flavius Arrianus, qui avait réuni huit livres dont il ne subsiste aujourd'hui que la moitié. L'abrégé de ces *Entretiens* est connu sous le titre de *Manuel d'Épictète.* En 90, l'empereur Domitien le bannit avec d'autres philosophes car il met en péril l'ordre de la cité. Épictète s'installe alors à Nicopolis en Épire où il meurt vers 125.

De l'école stoïque, Épictète propose une philosophie qui repose essentiellement sur la raison de nature divine et la liberté de l'homme. Son enseignement repose sur la célèbre distinction entre « ce qui dépend de nous et ce qui ne dépend pas de nous. Dépendent de nous l'opinion, la tendance, le désir, l'aversion, en un mot toutes nos œuvres propres ; ne dépendent pas de nous le corps, la richesse, les témoignages de considération, les hautes charges, en un mot les choses qui ne sont pas nos œuvres propres ».

Découvrez, lisez ou relisez les livres d'Épictète :

ENTRETIENS, LIVRES I À IV (Tel nº 232)

DE LA LIBERTÉ (Folio 2 € nº 4193)

Des choses qui dépendent de nous et celles qui n'en dépendent pas *

Parmi toutes les facultés, vous n'en trouverez aucune qui soit capable de se prendre elle-même pour objet d'étude ; aucune, par conséquent, qui soit apte à porter sur soi un jugement d'approbation ou de désapprobation. La grammaire, jusqu'où s'étend sa capacité spéculative ? Jusqu'à la connaissance des lettres. Et la musique ? Jusqu'à la connaissance de la mélodie. L'une ou l'autre se prend-elle pour objet d'étude ? Nullement. Mais si tu écris à un ami, le fait que tu dois choisir ces lettres-ci, la grammaire te le dira. Quant à savoir s'il faut oui ou non écrire à cet ami, la grammaire ne te le dira pas. Ainsi pour les mélodies, la musique. Mais faut-il chanter maintenant et jouer de la cithare, ou ne faut-il ni chanter ni jouer de la cithare, la musique ne te le dira pas. Qui donc le dira ? La faculté qui se prend elle-même aussi bien que tout le reste comme objet

* Ch. I, L. I.

d'étude. Quelle est-elle ? La Raison. Seule, en effet, de celles que nous avons reçues, elle est capable de prendre conscience d'elle-même, de sa nature, de son pouvoir, de la valeur qu'elle apporte en venant en nous, — et de prendre conscience également des autres facultés. Mais qu'y a-t-il d'autre à nous dire que l'or est beau ? L'or lui-même ne nous le dit pas. Il est clair que c'est la faculté qui sait user des représentations. Quelle autre peut juger la musique, la grammaire, les autres facultés, vérifier l'usage qu'on en fait, indiquer les circonstances favorables pour s'en servir ? Aucune.

Dès lors, comme il convenait, les dieux ont placé sous dépendance uniquement ce qu'il y a de meilleur, ce qui commande à tout le reste, je veux dire le pouvoir de bien user des représentations. Quant à ce reste, il ne dépend pas de nous. Serait-ce qu'ils ne l'ont pas voulu ? Je crois plutôt que, s'ils l'avaient pu, ils nous l'auraient également confié, mais c'était absolument hors de leur pouvoir. Étant, de fait, sur cette terre, liés à un corps tel que le nôtre, à des compagnons tels que ceux qui nous entourent, pouvait-il arriver qu'à l'égard de ces créatures nous ne fussions entravés par les objets du dehors ?

Voyons, que dit Zeus ? « Épictète, si c'eût été possible, et ton pauvre corps et ton petit avoir, je les aurais faits libres et sans entraves. En réalité, ne l'oublie pas, ce corps n'est pas proprement tien ; ce n'est que de l'argile habilement pétrie. Donc, n'ayant pu faire cela, nous t'avons donné quelque chose de nous, cette faculté de propension et de répulsion, de désir et d'aversion, en un mot le pouvoir d'user des représentations. Si tu en prends soin, si tu places en elle ton véritable bien, tu ne seras jamais entravé, tu ne rencontreras aucun obstacle, tu ne gémiras pas, tu n'adresseras de reproche à personne et tu ne flatteras non plus personne. Eh quoi ! Cela te semble peu de chose ? »

— À Dieu ne plaise !

— Tu te contentes donc de ces biens ?

— J'en supplie les dieux.

Au lieu de cela, alors que nous pouvons nous appliquer à un seul objet, nous attacher à un seul, nous préférons nous appliquer à plusieurs, nous enchaîner à plusieurs, à notre corps, à notre fortune, à notre frère, à notre ami, à notre enfant, à notre esclave. Ainsi donc, enchaînés à plusieurs objets, leur poids nous tire vers le bas. C'est pourquoi, si la navigation est impossible, nous voilà assis, tout crispés et, sans cesse, penchés au-dehors : Quel est le vent qui souffle ? — Le vent du nord. — Et que nous importe à nous et à lui ? — Quand le Zéphyr soufflera-t-il ? — Quand il lui plaira, mon cher, à lui ou à Éole. Ce n'est pas toi que Dieu a établi le dispensateur des vents, c'est Éole. Que faire alors ? Organiser le mieux possible ce qui dépend de nous, et pour les autres choses, en user comme elles se présentent. Comment se présentent-elles ? Comme Dieu le veut.

— Suis-je donc le seul à devoir être décapité maintenant ?

— Eh quoi ! Voudrais-tu que tous le soient pour ta consolation ? Ne veux-tu pas présenter ta tête à la manière de ce Latéranus qu'à Rome Néron fit décapiter[1] ? Il présente la tête, on le frappe, mais le coup porté avait été trop faible ; il a un mouvement de recul : ce n'est qu'un instant, et de nouveau il la présente. Et encore, quelque temps auparavant, Épaphrodite alla le trouver ; il lui demanda la raison de son conflit avec l'empereur : « Si je désire quelque chose, répondit-il, je le dirai à ton maître. »

Quel secours avoir donc sous la main en de pareilles circonstances ? En serait-il d'autre que cette pensée : Qu'est-ce qui est à moi et qu'est-ce qui n'est pas à moi ? Qu'est-ce qui est en mon pouvoir et qu'est-ce qui n'est pas en mon pouvoir ? Je dois mourir. Dois-je donc le faire aussi en gémissant ? Je dois être emprisonné. Et aussi me lamenter ? Je dois partir en exil. Qu'est-ce qui m'empêche de partir en riant, joyeux et tranquille ?

1. Plautius Latéranus, consul désigné, égorgé sur l'ordre de Néron (Tac., *Ann.*, XV, 49 et 60) pour avoir trempé dans la conjuration de Pison.

— Dis-moi ce qu'il n'est pas permis de révéler.

— Non, car ceci dépend de moi.

— Eh bien ! je te ferai mettre aux fers.

— Homme, que dis-tu là ? Moi ? C'est ma jambe que tu enchaîneras. Ma personne morale, Zeus lui-même ne peut la vaincre.

— Je te jetterai en prison.

— Mon pauvre corps plutôt.

— Je te ferai couper la tête.

— Quand donc ai-je dit que j'étais le seul dont la tête ne pût être tranchée ?

Voilà les pensées que devraient méditer les philosophes, voilà ce qu'ils devraient écrire tous les jours, ce qui devrait être leur matière d'exercice.

Thraséa avait coutume de dire : « J'aime mieux être mis à mort aujourd'hui que banni demain. » Que lui répliqua donc Rufus ? « Si tu choisis ce parti parce qu'il est plus pénible, quelle folie que ton choix ! Si, au contraire, parce qu'il est moins dur, qui t'a donné de faire ce choix ? Ne veux-tu pas apprendre à te contenter de ce qui t'est donné ? »

Et dans ce même esprit, que disait donc Agrippinus[1] ? « Je ne suis pas un embarras pour moi-même. » On vient lui annoncer : « Tu es jugé

1. Sur la mort de Pétus Thraséa, l'exil de son gendre Helvidius Priscus et de Paconius Agrippinus, cf. Tacite, *Annales*, XVI, 24-35.

en ce moment au Sénat. » — « À la bonne heure ! Mais il est onze heures (c'était le moment où il avait l'habitude de faire de l'exercice et de prendre ensuite un bain froid). Allons faire notre exercice ! » Quand il eut fini, voici qu'on vient lui dire : « Tu as été condamné. » — « À l'exil ou à la mort ? » demande-t-il. — « À l'exil. » — « Et pour les biens, qu'en est-il ? » — « On ne les a pas confisqués. » — « Eh bien ! partons pour Aricie[1] et déjeunons-y. » C'est là être exercé à ce qu'il faut, s'être formé une faculté de désir ou d'aversion que rien ne peut frustrer ni violenter. Je dois mourir. Si c'est tout de suite, je vais à la mort ; si c'est dans un moment, pour l'instant, je déjeune, puisque l'heure est venue de le faire, ensuite je mourrai. Comment ? Comme il convient à l'homme qui restitue ce qui n'est pas à lui.

1. Sur la voie Appienne, à cent soixante stades de Rome (Strabon, V, p. 239).

*Comment on peut toujours sauvegarder sa dignité personnelle**

Pour l'être raisonnable, il n'y a d'intolérable que ce qui est contraire à la raison, mais ce qui est raisonnable peut être supporté. Les coups ne sont pas par nature intolérables.

— Comment cela ?

— Écoute un peu : les Lacédémoniens supportent le fouet, sachant bien que c'est une épreuve raisonnable.

— Mais aller se pendre, n'est-ce pas intolérable ?

— Si pourtant on sent que c'est raisonnable, on y va. En un mot, si nous y prenons garde, nous verrons que l'être raisonnable n'est jamais plus opprimé que par ce qui est contraire à la raison et que, à l'inverse, rien n'a pour lui plus d'attirance que ce qui est raisonnable.

Mais ces concepts de raisonnable et de déraisonnable ont des significations différentes suivant les

* Ch. II, L. I.

gens, tout comme ceux de bien et de mal, d'utile et de nuisible diffèrent aussi avec les personnes. Pour cela nous avons surtout besoin d'éducation afin d'apprendre à adapter, conformément à la nature, nos prénotions de raisonnable et de déraisonnable aux cas particuliers.

Pour déterminer ce qui est raisonnable ou non, nous ne tenons pas compte seulement de la valeur des choses extérieures, mais encore, chacun d'entre nous considère sa dignité personnelle. Pour l'un, il est raisonnable de présenter à un tel le vase de nuit, par la seule considération que, s'il ne le présente pas, il recevra des coups et pas de nourriture ; si, au contraire, il le présente, il ne subira rien de pénible ou de fâcheux ; pour un autre, non seulement cela paraît intolérable de présenter ce vase de nuit, mais même de souffrir qu'un autre le fasse. Si tu me demandes : « Présenterai-je ce vase ou non ? » je te répondrai : mieux vaut recevoir de la nourriture que de n'en pas recevoir, et moins vaut recevoir des coups que de n'en pas recevoir, de sorte que si tu prends ces normes comme mesure de tes intérêts, va et présente le vase.

— Mais ce serait indigne de moi.

— Cela, c'est à toi de le prendre en considération, non à moi, car c'est toi qui te connais, qui sais à quel prix tu t'estimes toi-même et combien tu te vends : les gens se vendent à des prix différents.

C'est pourquoi, quand Florus se demandait s'il lui fallait descendre au spectacle de Néron, pour y remplir aussi son rôle, Agrippinus lui dit : « Descends. » Et comme Florus l'interrogeait : « Et toi, pourquoi ne descends-tu pas ? » il répondit : « Moi, je ne me pose même pas la question. » Si on se met une seule fois à examiner de pareilles choses, comparant la valeur des biens extérieurs, la calculant, on est bien près de ressembler à ceux qui ont perdu le sens de leur propre personnalité. Que me demandes-tu donc ? Si c'est la mort qui est préférable ou bien la vie ? Je te réponds : la vie. La peine ou le plaisir ? Je réponds : le plaisir.

— Mais si je ne joue pas à la tragédie, on me coupera le cou.

— Va donc et joue. Moi, je ne jouerai pas.

— Pourquoi ?

— Parce que toi, tu ne crois pas être autre chose qu'un des fils de la tunique.

— Et alors ?

— Tu devais te préoccuper de ressembler aux autres hommes, comme un simple fil ne veut en rien se distinguer des autres. Mais moi, je veux être laticlave, cette pièce petite et éclatante qui donne à tout le reste son élégance et sa beauté[1]. Que viens-tu donc me dire : « Assimile-toi

1. C'est la bande de pourpre de la tunique sénatoriale.

complètement à la foule ? » Et comment serais-je encore le laticlave ?

Il savait bien aussi cela Helvidius Priscus, et il agit en conséquence[1]. Vespasien lui fit ordonner de ne pas assister à une séance du Sénat. Et lui de répondre : « Il dépend de toi de ne pas me compter parmi les sénateurs, mais tant que je le suis, je dois siéger.

— Eh bien ! siège, mais ne parle pas.

— Ne m'interroge pas et je me tairai.

— Mais je dois t'interroger.

— Et moi, je dois répondre ce qui me paraît juste.

— Si tu réponds, je te ferai mettre à mort.

— Quand donc t'ai-je dit que j'étais immortel ? Pour toi, tu rempliras ton rôle et moi le mien. À toi de me mettre à mort. À moi de mourir sans trembler. À toi de m'exiler. À moi de partir sans m'affliger.

À quoi donc a servi Priscus dans son isolement ? Et à quoi le laticlave sert-il à la tunique ? Que fait-il d'autre sinon de briller sur elle comme laticlave et d'offrir ainsi un beau modèle à tout le reste ? Un autre, si César en de pareilles circonstances lui eût demandé de s'abstenir d'aller au Sénat, aurait répondu : « Je te remercie de m'épargner. » Mais un tel homme, César ne l'empêche-

1. Helvidius Priscus (cf. p. 13, n. 1) était l'élève des Stoïciens.

rait même pas de siéger, car il saurait bien ou qu'il demeurerait aussi inerte qu'une cruche, ou que, s'il parlait, il le ferait exactement suivant ce qu'il saurait être le désir de César et renchérirait encore.

Telle fut aussi l'attitude d'un certain athlète qui risquait la mort si on ne le mutilait. Survint son frère (c'était un philosophe), qui lui dit : « Eh bien ! mon frère, que vas-tu faire ? Amputons-nous ce membre et continuons-nous d'aller au gymnase ? » L'athlète ne put supporter cette idée, mais il se raidit contre le mal et mourut. Et comme on demandait : Comment a-t-il fait cela ? Comme un athlète ou comme un philosophe ? — Comme un homme, répondit Épictète, comme un homme dont le nom a été proclamé à Olympie et qui y a lutté, qui a passé sa vie sur un pareil terrain, et non comme un homme qui allait se faire parfumer chez Baton. Un autre se serait même fait couper la tête, s'il eût pu vivre sans tête. Voilà ce qu'est la dignité personnelle ; telle est sa force chez ceux qui sont habitués à la faire entrer en ligne de compte dans leurs délibérations.

— Mais voyons, Épictète, rase-toi.

— Si je suis philosophe, je réponds : « Je ne me raserai pas. »

— Alors je te ferai couper le cou.

— Si cela te fait plaisir, fais-le-moi couper.

Quelqu'un demanda : « À quel signe chacun de nous peut-il reconnaître ce qui est conforme à sa dignité personnelle ? » — À quel signe, répondit-il, quand le lion attaque, seul le taureau reconnaît-il sa propre force et d'où vient que seul il se jette en avant pour protéger le troupeau entier ? N'est-il pas évident qu'avec la possession de la force va de pair la conscience de cette force ? Et par conséquent, pour nous de même, qui possède semblable force ne l'ignorera pas. Ce n'est pas subitement que le taureau devient ce qu'il est ni que l'homme acquiert la noblesse d'âme, mais il faut avoir accompli les exercices d'hiver, il faut s'être préparé et ne pas se précipiter à l'étourdie sur ce qui ne vous convient en aucune façon.

Examine seulement à quel prix tu vends ta personne morale. Du moins, homme, ne la vends pas pour rien. Mais ce qu'il y a de grand, ce qu'il y a d'exceptionnel convient peut-être à d'autres, à Socrate et aux individualités de sa trempe.

— Pourquoi donc, si nous sommes aptes par nature à de telles prouesses, tous les hommes ou la plupart d'entre eux ne leur ressemblent-ils pas ?

— Est-ce que tous les chevaux sont rapides, ou tous les chiens habiles à suivre la piste ? Et après ! Parce que je ne suis pas bien doué, devrai-je pour cela renoncer à faire de mon mieux ? À Dieu ne plaise ! Épictète ne sera pas meilleur que Socrate ; et même s'il est inférieur, je m'en contente. Je ne serai pas non plus Milon et pourtant je ne me désintéresse pas de mon corps ; ni Crésus, et pourtant je ne me désintéresse pas de ma fortune ; en un mot, il n'y a rien d'autre dont nous nous désintéressons, par désespoir d'atteindre le plus parfait.

*Que les talents dialectiques ne sont pas sans danger pour les gens qui manquent de formation philosophique**

Autant il y a de manières de convertir entre eux les termes équivalents, autant il y en a de convertir les formes des épichérèmes et des enthymèmes dans les raisonnements. Soit, par exemple, cette forme : Si tu as emprunté et n'as pas restitué, tu me dois de l'argent. Or, tu n'as pas emprunté sans restituer ensuite. Donc tu ne me dois pas de l'argent. Et il ne convient à personne plus qu'au philosophe de faire cela habilement. Puisqu'en effet l'enthymème est un syllogisme incomplet, il est clair que celui qui s'est exercé dans le syllogisme complet ne sera pas non plus moins apte à manier le syllogisme incomplet.

Pourquoi donc ne nous exerçons-nous pas, soit isolément, soit avec d'autres, en ce genre d'études ? Parce qu'aujourd'hui, sans même avoir entrepris ces exercices en de telles matières

* Ch. VIII, L. I.

et sans nous laisser distraire non plus, du moins par moi, de l'étude de la morale, nous ne faisons néanmoins aucun progrès dans le bien. Que devrions-nous donc attendre si nous assumions en plus ce travail ? Et cela d'autant mieux que ce serait non seulement un travail supplémentaire qui nous éloignerait des besognes plus urgentes, mais encore une cause de suffisance et d'enflure, et une cause peu ordinaire. C'est une grande puissance, en effet, que l'art d'argumenter et de persuader, surtout si on le développe par l'exercice et si on le pare, en outre, d'une certaine élégance de langage. De plus, d'une façon générale, tout talent chez les gens qui manquent de formation philosophique et dont le caractère est faible, est un danger ; il risque de les rendre à cet égard présomptueux et gonflés de vanité. Par quel moyen, en effet, persuader au jeune homme qui excelle en cette science, qu'il ne doit pas se subordonner à elle, mais, au contraire, se la subordonner à lui-même ? Méprisant toutes ces raisons, n'est-il pas vrai, il se pavane au milieu de nous, gonflé de suffisance et d'orgueil, incapable de souffrir que personne l'entreprenne pour lui rappeler d'où il s'est éloigné et où il s'est égaré.

— Eh quoi ! Platon n'était pas philosophe ?

— Et Hippocrate n'était pas médecin ? Or, vois avec quelle perfection s'exprime Hippocrate. Mais est-ce en tant que médecin qu'il s'exprime de la sorte ? Pourquoi donc confonds-tu des choses qui se trouvent unies fortuitement chez les mêmes individus ? Parce que Platon était beau et fort, devrais-je, moi aussi, être assis là et travailler à devenir beau ou fort, comme si c'était nécessaire pour la philosophie, dès lors qu'un philosophe était à la fois beau et philosophe ? Ne veux-tu pas comprendre et discerner quel est le caractère essentiel qui fait les philosophes et quelles qualités se trouvent accidentellement chez eux ? Voyons, si j'étais philosophe, vous faudrait-il, vous aussi, devenir boiteux ? Mais quoi ! Ai-je la prétention de supprimer ces talents ? À Dieu ne plaise ! Pas plus que je n'ai la prétention de supprimer la faculté de voir. Pourtant, si vous me demandez quel est le vrai bien de l'homme, je n'ai pas d'autre réponse à vous faire que la suivante : c'est une certaine disposition de la personne morale.

*À ceux qui dépensent toute leur énergie à faire leur carrière à Rome**

Si nous avions employé à notre œuvre personnelle le même zèle que déploient les sénateurs romains pour celles qu'ils ont à cœur, nous aboutirions peut-être nous aussi. Je me souviens d'un homme plus âgé que moi, aujourd'hui préposé aux grains à Rome, et de tout ce qu'il me disait lorsqu'à son retour d'exil il passa par ici : il maudissait sa vie précédente et se promettait pour l'avenir de n'avoir d'autre souci, une fois embarqué, que de vivre en paix et en repos le reste de sa vie : « Combien de temps, en effet, me reste-t-il encore à vivre ? »

— Et moi de lui répondre : « Tu ne le feras pas, mais la seule odeur de Rome te fera oublier toutes ces belles résolutions. » J'ajoutais que si même le moindre accès à la cour lui était ouvert, il s'y précipiterait, plein de joie et de reconnaissance envers Dieu.

* Ch. X, L. I.

— Épictète, reprit-il, si tu me vois mettre un pied à la cour, pense de moi ce que tu voudras.

Or, que fit-il ? Il n'était pas encore arrivé à Rome qu'on lui remit une lettre de César. Il la prit, oublia toutes ces résolutions et depuis, il n'a cessé d'entasser affaire sur affaire. Je voudrais bien le voir maintenant et lui rappeler les discours qu'il tenait lors de son passage, et lui dire : « Combien je suis plus fin prophète que toi ! »

Que veux-je dire ? Que l'être vivant doit être inactif ? À Dieu ne plaise ! Mais plutôt que nous manquons d'activité. Ainsi, moi le premier, dès qu'il fait jour, je me remémore brièvement l'objet de ma leçon. Et puis je ne tarde pas à me dire : « Mais qu'est-ce que cela peut me faire, comment un tel ou un tel expliquera son texte ? L'essentiel est de dormir. » Et pourtant les occupations de ces gens-là (à Rome) peuvent-elles se comparer aux nôtres ? Si vous observez ce qu'ils font, vous sentirez la différence. Toute leur tâche n'est-elle pas simplement de passer leur journée à décréter, à discuter, à délibérer pour un peu de blé, un bout de champ, et autres profits de la même importance ? Y a-t-il parité entre recevoir de quelqu'un une petite requête ainsi libellée : « Je te prie de me permettre d'exporter un peu de blé », et la suivante : « Je te prie d'examiner en quoi consiste, selon Chrysippe, l'administration du monde et quelle place y est faite à l'animal raisonnable. Examine aussi qui tu es et en quoi consiste pour toi le bien et le mal » ? Les deux choses peuvent-elles se comparer ? Réclament-elles toutes deux la même attention ? Est-il également honteux de négliger l'une et l'autre ?

Mais quoi ! Sommes-nous seuls paresseux et indolents ? Non. C'est plutôt vous d'abord qui l'êtes, jeunes gens. Assurément, nous aussi, les vieux, quand nous voyons jouer les jeunes, l'envie nous gagne d'être de la partie. À plus forte raison, si je vous voyais passer vos veilles au travail et rivaliser d'efforts, j'aurais envie de joindre moi aussi mon ardeur à la vôtre.

*De l'attitude à prendre envers les tyrans**

Si un homme possède une supériorité quelconque, ou s'imagine du moins la posséder, alors qu'il n'en est rien, cet homme, s'il manque d'éducation philosophique, en sera inévitablement tout bouffi d'orgueil. Le tyran dit, par exemple : « Je suis le plus puissant du monde. »

— Et que peux-tu me donner ? Peux-tu faire que mon désir ne connaisse pas d'obstacle ? D'où te viendrait ce pouvoir ? L'as-tu, en effet, pour toi-même ? Que mon aversion soit à l'abri de ce qu'elle veut éviter ? As-tu ce pouvoir pour toi-même ? Que ma propension soit toujours infaillible ? Et comment cela t'est-il possible ? Voyons, sur un navire, te fies-tu à toi-même ou à l'homme du métier ? Et sur un char ? À qui, sinon à l'homme du métier ? Et qu'en est-il s'il s'agit des autres arts ? La même chose. À quoi donc s'étend ta puissance ?

* Ch. XIX, L. I.

— Tout le monde est pour moi aux petits soins.

— Oui, moi aussi, j'ai soin de mon assiette, je la lave et je l'essuie, et pour ma burette à huile, je plante un clou dans la muraille. Qu'en conclure ? Ces objets me sont-ils supérieurs ? Nullement, mais ils ont pour moi quelque utilité. Voilà pourquoi j'en prends soin. Mais quoi ? Est-ce que je ne prends pas soin de mon âne ? Est-ce que je ne lui lave pas les pattes, ne l'étrille pas ? Ne sais-tu pas que tout homme prend soin de lui-même ? Et pour toi, est-on aux petits soins comme on l'est pour son âne ? Car, en vérité, qui a soin de toi comme d'un homme ? Montre-le-moi. Qui cherche à te ressembler ? Qui cherche à te suivre comme on suivait Socrate ?

— Mais je puis te faire couper le cou.

— Tu dis bien. J'oubliais qu'il faut avoir à ton égard les soins que l'on a à l'égard de la fièvre et du choléra, et t'élever un autel, comme à Rome où la Fièvre a son autel.

Qu'est-ce donc qui trouble et terrorise la plupart des gens ? Serait-ce le tyran et les gardes du corps ? Pourquoi ? Dieu vous en préserve ! Il est impossible que ce qui par nature est libre, soit troublé ou paralysé par autre chose que par lui-même. Mais on est troublé par ses propres jugements. Car, si le tyran dit à quelqu'un : « Je t'enchaînerai la jambe », celui qui attache du prix à sa jambe répond : « Non ; prends pitié de moi » ;

celui, au contraire, qui attache du prix à sa personne répond : « Si cela te paraît bon, enchaîne-la. »

— Tu n'en as cure ?

— Je n'en ai cure.

— Je te montrerai que je suis le maître.

— Et comment cela ? Zeus m'a fait libre. Crois-tu peut-être qu'il devait laisser asservir son propre fils ? Tu es le maître de mon cadavre, prends-le.

— Ainsi, quand tu viens à moi, ce n'est pas moi qui suis l'objet de tes soins ?

— Nullement, mais moi-même. Et si tu veux que je te dise que tu es toi aussi l'objet de mes soins, je te répondrai que tu l'es comme ma marmite.

Ce n'est pas de l'égoïsme, car telle est la nature de l'animal : il fait tout pour lui-même. Mais le soleil aussi fait tout pour lui, et du reste Zeus lui aussi. Quand Zeus, par exemple, veut être « le dieu qui répand la pluie » et « le dieu qui produit les fruits » et « le père des hommes et des dieux », tu vois qu'il ne peut réaliser ces actes et mériter ces appellations sans être utile au bien commun. D'une façon générale, il a disposé de telle sorte la nature de l'animal raisonnable qu'elle ne puisse obtenir aucun bien particulier sans contribuer à l'utilité commune. Ainsi n'est-il plus antisocial de tout faire pour soi-même. Qu'attends-tu, en effet ? Qu'on renonce à soi-même et à son propre intérêt ? Et comment l'amour de soi serait-il encore un seul et même principe pour tous les êtres vivants ?

Mais alors, quand viennent à s'insinuer dans l'esprit des jugements absurdes sur les objets qui ne relèvent pas de notre personne, comme s'ils étaient bons ou mauvais, il est inévitable qu'on soit aux petits soins des tyrans. Et plaise à Dieu que ce soit seulement des tyrans et pas de leurs valets de chambre ! Comment se fait-il que l'on devienne subitement un homme d'esprit lorsque César vous a proposé à sa chaise percée ? Comment pouvons-nous dire aussitôt : « Avec quelle intelligence m'a parlé Félikion ! » Je souhaiterais qu'il fût expulsé de son fumier pour que de nouveau tu le regardes comme un sot. Épaphrodite avait un cordonnier qu'il vendit, parce qu'il ne lui rendait aucun service. Ce dernier, par je ne sais quelle chance, fut acheté dans la suite par un familier de César et devint le cordonnier de l'empereur. Tu aurais pu voir alors l'estime que lui témoignait Épaphrodite : « Comment va le bon Félikion ? Je te baise les mains. » Et si l'un de nous demandait : « Que fait-il, lui ? », la réponse était : « Il consulte Félikion sur quelque affaire. » Mais ne l'avait-il pas vendu comme un objet inutile ? Qui donc l'a soudainement transformé en homme d'esprit ? Voilà ce que c'est que d'estimer autre chose que ce qui relève de notre personne.

« Il est honoré de la charge de tribun. » Tous ceux qui le rencontrent le félicitent. Celui-ci lui baise les yeux, un autre le cou, les esclaves les mains. Il arrive chez lui et trouve des lampes allumées. Il monte au Capitole et offre un sacrifice. Qui donc a jamais offert un sacrifice pour que ses désirs soient bons, pour que ses propensions soient conformes à la nature ? Car nous rendons grâces aux dieux pour les objets en qui nous plaçons notre bien.

On me parlait aujourd'hui du sacerdoce d'Auguste. Je répondis : « Homme, ne t'occupe pas de cette affaire ; tu dépenseras beaucoup pour rien. »

— Oui, mais dans tous les contrats on inscrira mon nom.

— Penses-tu donc être présent quand on lit ces contrats pour dire : « C'est moi qu'ils ont inscrit ? » et supposé même que tu puisses maintenant être toujours présent, quand tu viendras à mourir, que feras-tu ?

— Mon nom restera.

— Écris-le sur une pierre et il y restera. Voyons, hors de Nicopolis, qui gardera ton souvenir ?

— Mais je porterai une couronne d'or.

— Si en tout et pour tout tu désires une couronne, prends une couronne de roses et mets-la sur ta tête : ton aspect en sera plus élégant.

À ceux qui veulent être admirés *

Si l'on a dans la vie la situation qui convient, on n'aspire pas au-delà. Homme, que veux-tu qui t'arrive ? Pour moi, je suis satisfait si mes désirs et mes aversions se trouvent en accord avec la nature, si dans mes propensions et mes répulsions je suis la nature, et de même dans mes intentions, mes projets, mes assentiments. Pourquoi donc marches-tu devant nous comme si tu avais avalé un sabre ?

« Je voudrais exciter l'admiration de tous ceux qui me rencontrent et qu'ils me fissent cortège en s'exclamant : “Oh le grand philosophe !” »

Qui sont ces hommes dont tu cherches à te faire admirer ? N'est-ce pas ceux que tu as coutume d'appeler des fous ? Eh quoi ! C'est par des fous que tu veux être admiré ?

* Ch. XXI, L. I.

*Qu'il ne faut pas s'irriter contre les hommes, et ce qu'il y a de petit et de grand parmi les hommes**

Pour quelle raison donnons-nous notre assentiment à une proposition quelconque ? C'est qu'elle nous paraît être vraie. Donc à ce qui ne paraît pas être vrai, il est impossible de donner son assentiment. Pourquoi ? Parce que c'est la nature de notre pensée d'acquiescer au vrai et de ne pas agréer le faux, et en face de l'incertain, de suspendre le jugement. Quelle est la preuve de ceci ? « Aie l'impression, si tu le peux, qu'il fait nuit maintenant. » Ce n'est pas possible. « Écarte l'impression qu'il fait jour. » Ce n'est pas possible. « Aie ou écarte l'impression que les astres sont en nombre pair. » Ce n'est pas possible. Donc, lorsqu'on donne son assentiment à l'erreur, sache qu'on ne voulait pas le faire, car « c'est toujours contre son gré qu'une âme est privée de la vérité[1] », comme dit Platon, mais on a pris l'erreur pour la vérité. Eh

* Ch. XXVIII, L. I.

1. Platon, *Protagoras*, 345 e sq., 352 c, 358 cd ; *Gorgias*, 468 c, 509 e sq. ; *Timée*, 86 d-87 b ; *Sophiste*, 228 c-e ; *Lois*, 731 c.

bien ! dans le domaine de l'action, qu'avons-nous qui corresponde à ce qui est ici la vérité ou l'erreur ? Le devoir et le contraire du devoir, l'avantageux et le nuisible, ce qui me convient et ce qui ne me convient pas… et toutes choses semblables.

— On ne peut donc trouver une chose avantageuse sans la choisir ?

— On ne le peut.

— Comment [Médée] peut-elle dire :

Oui, je sais tout le mal que je vais accomplir ;
Mais mon courroux, plus fort, a vaincu ma raison[1] *!*

— Parce que cela même, satisfaire son courroux et se venger de son époux, elle le regarde comme plus avantageux que de sauver ses enfants.

— Oui, mais elle s'est trompée.

— Montre-lui clairement qu'elle s'est trompée et elle ne le fera pas. Tant que tu ne le lui auras pas montré, que peut-elle suivre d'autre que l'apparence du vrai ? Rien. Pourquoi donc t'irriter contre elle parce qu'elle se trompe, la malheureuse, sur les sujets les plus graves, et que, d'être humain, elle s'est transformée en vipère ? Mais, s'il le faut absolument, ne dois-tu pas plutôt plaindre, comme nous plaignons les aveugles

1. Euripide, *Médée*, 1078 sq.

ou les boiteux, ceux dont les facultés essentielles sont aveuglées et mutilées ?

Quiconque a une claire conscience de ce fait que, pour l'homme, la mesure de toute action, c'est l'apparence (du reste, cette apparence est juste ou erronée. Si elle est juste, l'homme est irréprochable ; si elle est erronée, il en subit lui-même la peine, car il est impossible qu'un homme se trompe et qu'un autre en éprouve le dommage), qui donc a conscience de cela ne se mettra en colère contre personne, ne s'irritera contre personne, n'injuriera personne, ne blâmera personne, ne haïra, n'offensera personne.

— De sorte que les actions, grandes et terrifiantes, ont également cette origine, l'apparence ?

— Celle-là et pas d'autre. L'Iliade n'est rien de plus que représentation et usage des représentations. Une apparence a poussé Alexandros à enlever la femme de Ménélas, une apparence a poussé Hélène à le suivre. Si l'apparence avait produit en Ménélas l'impression que c'est un gain d'être privé d'une telle femme, que serait-il arrivé ? C'en était fait de l'Iliade, et non seulement de l'Iliade, mais aussi de l'Odyssée.

— À de si petites causes sont suspendues de pareilles conséquences ?

— Qu'entends-tu donc par de « pareilles conséquences » ? Des guerres et des dissensions, la perte d'innombrables vies humaines et des destructions de villes ? Et qu'y a-t-il de grand en cela ?

— Rien ?

— Mais qu'y a-t-il de grand dans la mort d'innombrables troupeaux de bœufs et de brebis, et dans l'incendie et la destruction d'innombrables nids d'hirondelles ou de cigognes ?

— Quelle ressemblance pourtant entre les deux sortes de choses ?

— Une ressemblance complète. Dans un cas, ce sont des cadavres d'hommes ; dans l'autre, des cadavres de bœufs et de brebis. Ici de petites habitations d'hommes sont incendiées ; là, des nids de cigognes. Qu'y a-t-il en cela de grand ou de terrible ? Ou montre-moi en quoi diffère, comme habitation, une maison d'homme et un nid d'oiseau, sauf que l'homme bâtit les maisons avec des poutres, des tuiles et des briques, tandis que la cigogne construit le nid avec des branches et de la terre ?

— Y a-t-il donc ressemblance entre une cigogne et un homme ?

— Que veux-tu dire ? Quant au corps, ressemblance complète.

— Un homme ne diffère donc en rien d'une cigogne ?

— Loin de là ! Mais ce n'est pas par cet aspect qu'il en diffère.

— Par quoi alors en diffère-t-il ?

— Cherche, et tu trouveras qu'il en diffère

par autre chose. Vois si ce n'est pas parce qu'il se rend compte de ce qu'il fait ; vois si ce n'est pas par son sens social, par sa loyauté, par le sens de la pudeur, par sa prudence, par son intelligence. Où se trouve donc chez l'homme ce qu'il y a de grand, en fait de bien ou de mal ? Dans ce qui le distingue. Si on sauvegarde cet élément distinctif, si le rempart dont on l'entoure lui permet de subsister, si on ne laisse pas se corrompre la pudeur, la loyauté, l'intelligence, c'est alors l'homme, lui-même, qui est sauvegardé. Mais si quelqu'une de ces qualités vient à périr ou est forcée de capituler, alors l'homme, lui aussi, périt. Voilà en quoi consiste la grandeur. Le grave échec d'Alexandros s'est-il produit quand les Grecs survinrent et dévastèrent Troie, et quand ses frères périrent ? Nullement. On n'échoue jamais par le fait d'autrui, mais alors, c'étaient des nids de cigognes qui étaient dévastés. La défaite, ce fut quand il perdit la pudeur, la loyauté, le respect de l'hospitalité, la décence. Et la chute d'Achille, quand se produisit-elle ? Quand Patrocle mourut ? Loin de là ! Mais quand il laissa éclater sa colère, quand il pleura pour une jeune fille, quand il oublia qu'il était là, non pas pour conquérir des maîtresses, mais pour combattre. Voilà les défaites humaines, voilà l'investissement de la citadelle, voilà la ruine quand les jugements droits sont renversés, quand ils sont détruits.

— Pourtant, quand les femmes sont emmenées, quand les enfants sont réduits à l'esclavage, quand les hommes eux-mêmes sont égorgés, toutes ces choses ne sont-elles pas des maux ?

— Sur quel fondement appuies-tu cette opinion ? Apprends-le-moi.

— Non, mais toi, sur quel fondement t'appuies-tu pour dire que ce ne sont pas des maux ?

— Recourons aux règles, apporte tes prénotions.

Voici pourquoi on ne peut s'étonner assez de la façon d'agir habituelle. Quand nous voulons juger de ce qui est pesant, nous ne jugeons pas au petit bonheur, ni non plus quand nous voulons juger de ce qui est droit ou tordu ; bref, quand il nous importe de connaître la vérité dans ce domaine, nul d'entre nous ne fera jamais rien au petit bonheur. Mais s'agit-il de la principale et unique cause du succès ou de l'erreur, de la prospérité ou de l'adversité, du malheur ou de la félicité, dans ce cas seulement nous nous livrons au petit bonheur et à l'irréflexion. Nulle part ici l'équivalent d'une balance, nulle part l'équivalent d'une règle, mais quelque chose m'a paru bon et aussitôt je le fais. Suis-je donc plus fort qu'Agamemnon ou Achille pour pouvoir seul me contenter de l'apparence, alors que ces derniers, pour avoir suivi les apparences, ont causé et subi de telles calamités ? Et quelle tragédie a commencé autrement ? L'Atrée d'Euripide, qu'est-ce que c'est ? L'apparence. L'Œdipe de Sophocle, qu'est-ce que c'est ? L'apparence. Phénix ? L'apparence. Hippolyte ? L'apparence. Quelle sorte d'homme vous paraît donc être celui qui ne fait aucun cas de tout cela ? Comment appelle-t-on ceux qui suivent la première apparence venue ?

— Des fous.

— Et nous, alors, faisons-nous autre chose ?

À ceux qui recommandent des gens aux philosophes *

Diogène répondait bien à celui qui lui demandait des lettres de recommandation : « Que tu es un homme, rien qu'en te voyant, il le saura ; que tu es bon ou mauvais, il le saura, s'il est habile dans l'art de discerner les bons et les mauvais ; s'il est inexpert, il ne les découvrira pas, quand je lui écrirais des milliers de lettres. » C'est absolument comme si une drachme réclamait à quelqu'un une recommandation pour se faire accepter. Si l'individu en question est un argyrognome, tu te recommanderas par toi-même.

Il faudrait que nous ayons aussi dans la vie quelque chose d'analogue à ce que nous avons pour l'argent, afin de pouvoir dire comme l'argyrognome : « Présente-moi n'importe quelle drachme et je l'apprécierai. » Que s'il s'agit de syllogismes : « Présente-moi qui tu voudras, et je te discernerai celui qui est capable de les réduire

* Ch. III, L. II.

à leur forme parfaite et celui qui ne l'est pas. » Pourquoi ? Parce que je sais faire la réduction des syllogismes. J'ai la science qu'il faut pour juger si l'on bâtit correctement des syllogismes. Mais s'il s'agit de la vie, qu'est-ce que je fais ? J'appelle une chose tantôt bonne, tantôt mauvaise. Quelle en est la raison ? La raison contraire à celle dont je parlais pour les syllogismes : l'ignorance et l'inexpérience.

Comment se concilient la grandeur d'âme et la vigilance attentive *

Les matières sont indifférentes, mais l'usage qu'on en fait ne l'est pas. Comment donc pourra-t-on sauvegarder la fermeté d'âme, le calme, et garder en même temps un esprit attentif et aussi éloigné de l'irréflexion que de la nonchalance ? Il suffit d'imiter les joueurs aux dés. Les jetons sont indifférents, les dés sont indifférents. Comment saurais-je donc ce qui va tomber ? Mais jouer avec attention et avec habileté celui qui est tombé, voilà présentement quelle est mon affaire à moi. Or, voici de même en quoi consiste l'affaire principale de la vie : distingue parmi les choses, établis entre elles une démarcation et prononce : « celles qui sont extérieures ne dépendent pas de moi ; le libre choix est en mon pouvoir. Où chercherai-je le bien et le mal ? Dans l'intime de moi-même, dans ce qui est à moi ». Mais pour ce qui t'est étranger, n'emploie jamais

* Ch. V, L. II.

les mots de bien ou de mal, d'avantage ou de dommage, ni quelque autre de ce genre.

— Alors quoi ? La négligence est-elle permise dans l'usage de ces choses ?

— Pas du tout. Car elle est un mal pour notre personne morale et par là contraire à la nature. Mais il faut faire appel à la fois et à une vigilance attentive, parce que l'usage n'est pas indifférent, et à la fermeté d'âme, au calme, parce que la matière importe peu. Car pour tout ce qui m'importe vraiment, personne ne peut m'entraver ou me contraindre. Toutes les fois que je puis être entravé ou contraint, il s'agit d'objets qu'il n'est pas en mon pouvoir d'obtenir et qui ne sont ni bons ni mauvais ; l'usage que j'en fais, cependant, est ou bon ou mauvais, et, lui, est en mon pouvoir.

Il est sans doute difficile d'unir et de combiner ces deux états : la vigilance de l'homme livré aux influences des objets, et la fermeté de l'âme qui reste indifférente. Néanmoins ce n'est pas impossible. Sans quoi il serait impossible d'être heureux. C'est un peu comme lorsque nous devons naviguer. Qu'est-ce qui est en mon pouvoir ? Le choix du pilote, des matelots, du jour, du moment. Voilà qu'ensuite la tempête a fondu sur nous. Quelle tâche peut donc encore me revenir ? Mon rôle à moi est terminé. C'est l'affaire d'un autre, du pilote. Mais en outre le navire coule. Que puis-je bien faire ? Je me borne à faire ce qui est en mon pouvoir : me noyer sans éprouver la peur, sans crier, sans accuser Dieu, mais sachant que ce qui est né doit aussi périr. Je ne suis pas éternel, mais je suis homme, partie du tout, comme l'heure l'est du jour. Je dois venir comme l'heure et passer comme l'heure. Et que m'importe comment je passe, si c'est par la noyade ou par la fièvre ? C'est, en effet, par quelque moyen de ce genre que je dois passer.

Tu peux voir que c'est également de la sorte qu'agissent les vrais joueurs de balle. Aucun d'eux n'élève de discussion au sujet de la balle, pour savoir si elle est bonne ou mauvaise, mais sur la façon de la lancer et de la recevoir. En cela précisément se manifeste la grâce, l'art, l'agilité, la justesse de prévision : quand moi je ne puis saisir la balle, même en étendant mon vêtement, mon partenaire, lui, la reçoit lorsque je la lance. Mais si nous nous troublons ou sommes pris de peur en la recevant ou en la lançant, qu'adviendra-t-il du jeu, comment pourra-t-on garder sa fermeté d'âme, comment aviser à la suite du jeu ? Mais l'un dira : « lance », l'autre : « ne lance pas » et un troisième : « ne lance pas en haut ». En vérité, c'est là une rixe, ce n'est plus un jeu.

Et voilà comment Socrate savait jouer à la balle.

— Comment ?

— Oui, jouer au tribunal : « Dis-moi, Anytos, demandait-il, comment peux-tu affirmer que je ne crois pas en Dieu ? Les démons, à ton avis, que sont-ils ? Ne sont-ils pas ou enfants de Dieu, ou race mélangée, issue d'hommes et de dieux ? » Et sur son aveu, Socrate continuait : « Qui donc, penses-tu, peut s'imaginer qu'il y a des mulets et pas d'ânes ? » Il jouait comme avec une balle. Et quelle balle était en question dans le cas présent ? La vie, l'emprisonnement, l'exil, le poison à boire, la perte de sa femme, l'abandon des enfants laissés orphelins. Voilà ce qui était en question et avec quoi il jouait, mais il n'en jouait pas moins et n'en lançait pas moins la balle avec grâce. Ainsi nous, à notre tour, apportons l'attention du plus habile joueur, mais la même indifférence que s'il s'agissait d'une balle. Oui, on doit tout faire pour montrer son habileté à l'égard de n'importe quelle matière extérieure, sans s'y attacher cependant, mais comme elle se présente, en faisant preuve d'habileté à son sujet. C'est ainsi que le tisserand ne fait pas la laine, mais, comme il l'a reçue, il la travaille habilement. Un autre te donne ta nourriture, ta fortune, et tout cela il peut te l'enlever, tout comme ton pauvre corps lui-même. Pour toi, tu n'as qu'à recevoir la matière et la travailler. Puis, si tu en es sorti sans aucun mal, tous ceux qui te rencontrent te féliciteront de t'être tiré d'affaire ; mais celui qui sait y voir, s'il s'aperçoit que tu as fait bonne figure dans la circonstance, te louera et se réjouira avec toi ; que si tu t'es sauvé au prix de quelque lâcheté, ce sera le contraire ; car, lorsque la joie est raisonnable, on a bien raison aussi de partager cette joie.

Comment donc peut-on dire des choses extérieures qu'il y en a de conformes à la nature et que d'autres lui sont contraires ? C'est comme si nous étions isolés. Ainsi je dirai qu'il est de la nature du pied d'être propre, mais si tu le considères comme pied et non comme une chose isolée, son rôle sera de patauger dans la boue, de marcher sur des épines et parfois même d'être amputé pour sauver le corps entier. Sinon il ne sera plus un pied. C'est une conception analogue qui convient à notre propre sujet. Qu'es-tu ? Un homme. Si tu te considères comme un membre isolé, il est selon la nature de vivre jusqu'à un âge avancé, de s'enrichir, de se bien porter. Mais si tu te considères comme un homme et comme partie d'un certain tout, c'est dans l'intérêt de ce tout que tu dois tantôt contracter une maladie, tantôt entreprendre une traversée et courir des risques, tantôt supporter la pauvreté et parfois même mourir avant l'heure. Pourquoi donc te fâcher ? Ne sais-tu pas qu'isolé, pas plus que le pied ne sera un véritable pied, toi de même tu ne seras plus un homme ? Qu'est-ce, en effet, que l'homme ? Une partie d'une cité, de la première d'abord, de celle qui est constituée par les dieux et par les hommes, puis de celle qui est ainsi dénommée pour s'en rapprocher le plus, et qui est une petite image de la cité universelle.

— Je vais donc être mis en jugement ?

— Et un autre va donc souffrir de la fièvre, et un autre entreprendre une traversée, un autre mourir, un autre être condamné ? Il est impossible, en effet, que dans un corps pareil, dans cet univers qui nous enveloppe, parmi ces êtres qui vivent de notre vie, ne surviennent des événements de ce genre, ceux-ci aux uns, ceux-là aux autres. Pour toi, ton rôle est de venir et de parler comme tu dois, de disposer ces matières comme il convient. Puis le juge prononce : « Je déclare que tu as agi injustement. » « Grand bien te fasse ! Quant à moi, j'ai rempli mon rôle. À toi de voir si toi aussi tu as rempli le tien. » Car lui également court un risque, ne l'oublie pas.

De l'indifférence *

Le syllogisme hypothétique est chose indifférente ; le jugement qu'on porte sur lui ne l'est pas, mais il est ou une connaissance vraie, ou une opinion, ou une erreur. La vie de même est indifférente, mais l'usage qu'on en fait ne l'est pas. Par conséquent, quand on vient vous dire que ces choses-là aussi sont indifférentes, ne vous laissez pas aller à l'insouciance, et d'autre part quand on vient vous exhorter à la vigilance, gardez-vous de sentiments vils, et ne vous en laissez pas imposer par les objets.

Il est bon de prendre conscience de la préparation que l'on a et de sa capacité, afin que, là où l'on n'est pas prêt, on reste en paix sans se plaindre si d'autres dans ce domaine vous sont supérieurs. Car, de ton côté, en fait de syllogismes, tu t'estimeras bien supérieur à eux, et s'ils s'en plaignent, tu les consoleras en leur

* Ch. VI, L. II.

disant : « Moi, j'ai appris, pas vous. » De même, aussi, dans les cas où l'exercice est requis, ne recherche pas l'avantage qu'il peut procurer, mais laisse-le aux gens qui se sont longuement exercés, et pour toi, contente-toi de conserver la fermeté d'âme.

— Va saluer un tel.

— Je le salue.

— Comment ?

— Sans bassesse.

— Mais on t'a fermé la porte au nez.

— Comme je n'ai pas appris à entrer par la fenêtre, quand je trouve la porte fermée, je suis obligé ou de m'en aller, ou de passer par la fenêtre.

— Mais encore, parle-lui.

— Je lui parle.

— De quelle manière ?

— Sans bassesse.

— Or, tu n'as rien obtenu. Était-ce donc là ton affaire à toi ? Non, mais la sienne. Pourquoi dès lors vouloir t'arroger ce qui appartient à un autre ? Souviens-toi toujours de ce qui est à toi et de ce qui est aux autres, et tu n'éprouveras aucun trouble. Chrysippe avait donc bien raison de dire : « Tant que les conséquences restent pour moi obscures, je m'attache toujours à ce qui est plus apte à me procurer les biens conformes à la nature, car Dieu même, en me créant, m'en a laissé le libre choix. Mais si je savais vraiment que la maladie a été décrétée pour moi maintenant par le destin, c'est même avec ferveur que je l'accepterais. Le pied, lui aussi, s'il avait l'intelligence, irait avec ferveur se plonger dans la boue. »

Pourquoi, par exemple, les épis germent-ils ? N'est-ce pas pour mûrir ? Et s'ils mûrissent, n'est-ce pas aussi pour être moissonnés ? Lorsqu'ils germent, en effet, ils n'ont point atteint leur perfection. Si donc ils avaient le sentiment, devraient-ils supplier de ne jamais être moissonnés ? Mais c'est une malédiction pour des épis que de ne jamais être moissonnés. Sachez aussi que pour des hommes, c'est une malédiction que de ne pas mourir ; c'est la même chose que de ne pas venir à maturité, que de ne pas être moissonné. Et nous, nous les mêmes qui devons être moissonnés et qui avons de plus conscience de ce fait que nous sommes moissonnés, nous nous affligeons de cela. C'est que nous ne savons pas qui nous sommes et nous ne sommes pas instruits de ce qui concerne l'homme, comme les écuyers s'instruisent de ce qui concerne les chevaux. Voyez Chrysantas : sur le point de battre l'ennemi, il entendit la trompette sonner le rappel, et il s'arrêta. Il jugea ainsi bien meilleur d'accomplir la volonté du général que la sienne propre. Et nul d'entre nous ne consent, pas même si la nécessité l'appelle, à lui obéir de bon cœur, mais c'est avec des larmes et des gémissements que nous subissons notre sort, et nous appelons cela « de dures circonstances ». Quelles circonstances, homme ? Si tu appelles ainsi ce qui t'environne, tout est circonstance ; mais si tu entends par là des événements déplaisants, qu'y a-t-il de déplaisant à ce que tout ce qui est né périsse ? Mais l'instrument de destruction est une épée, ou une roue, ou la mer, ou une tuile, ou un tyran. Que t'importe la voie par laquelle tu dois descendre chez Hadès ? Toutes sont égales. Mais si tu veux écouter la vérité, la plus brève est celle par laquelle vous expédie le tyran. Jamais aucun tyran n'a mis six mois pour égorger un homme, tandis que la fièvre prend souvent même une année. Vain bruit que tout cela, pure logomachie !

— Je risque ma tête auprès de César.

— Et moi, je ne la risque pas, moi qui habite Nicomédie où il y a tant de tremblements de terre ! Et toi-même, quand tu navigues sur l'Adriatique, que risques-tu ? N'est-ce point ta tête ?

— Mais je risque aussi ma pensée.

— La tienne ? Comment ? Qui donc peut t'obliger à penser autrement que tu ne veux ? La pensée des autres ? Et quel risque peux-tu courir, toi, si les autres se trompent ?

— Mais je risque l'exil.

— Qu'est-ce que l'exil ? C'est être partout ailleurs qu'à Rome ?

— Oui, mais quoi ! Si on m'envoie à Gyara ?

— Si cela fait ton affaire, tu iras ; sinon, tu as un endroit où tu peux aller, au lieu de Gyara, et où il ira lui aussi, qu'il le veuille ou non, celui qui t'envoie à Gyara. Pourquoi donc partir comme s'il s'agissait d'affronter de grands périls ? C'est bien au-dessous de toute ta préparation, en sorte qu'un jeune homme généreux pourrait dire : « Vraiment, ce n'était pas la peine d'écouter tant de leçons, d'écrire tant de dissertations, de rester si longtemps assis auprès d'un petit vieux qui n'avait pas une telle valeur. » Rappelle-toi seulement cette distinction qui délimite ce qui est à toi et ce qui n'est pas à toi. Ne prétends jamais t'arroger quoi que ce soit qui appartienne aux autres. Une tribune et une prison sont toutes deux une place, l'une élevée, l'autre basse. Mais la personne morale peut être maintenue égale à elle-même, si tu veux la maintenir telle à l'une ou l'autre place. Et alors nous serons des émules de Socrate, quand nous pourrons en prison écrire des péans. Mais tels que nous avons été jusqu'à cette heure, vois si nous aurions supporté qu'on vînt nous dire dans la prison : « Veux-tu que je te dise des péans ? » Que viens-tu m'ennuyer ? Ne sais-tu pas le malheur qui m'arrive ? Dans les circonstances présentes est-ce possible ?

— Dans quelles donc ?

— Je vais mourir.

— Et les autres hommes sont-ils immortels ?

*Sur l'art de la dialectique**

Ce qu'il faut apprendre avant de savoir manier l'argumentation a été exactement précisé par ceux de notre école. Mais pour la façon même dont il faut user de ces connaissances, nous sommes absolument sans préparation. Ainsi, mets qui tu voudras d'entre nous en présence d'un profane comme interlocuteur, il ne trouvera pas le moyen de le prendre, mais après avoir un peu secoué son homme, si celui-ci vient à se mettre en travers, impossible désormais de le manœuvrer ; il se met alors à l'injurier ou il se moque de lui et déclare : « C'est un profane ; il n'y a rien à faire avec lui. » Le bon guide, au contraire, trouve-t-il quelqu'un qui s'est égaré, il le remet dans la bonne voie, au lieu de l'abandonner après s'être moqué de lui ou l'avoir injurié. Toi de même, montre-lui la vérité, et tu verras comme il la suit. Mais tant que tu ne la lui as pas

* Ch. XII, L. II.

montrée, ne te moque pas de lui ; prends plutôt conscience de ta propre incapacité.

Comment donc agissait Socrate ? Il forçait son interlocuteur à témoigner pour lui et n'avait nul besoin d'un autre témoin. Aussi pouvait-il dire : « Bien du plaisir à tous les autres ! Mon contradicteur me suffit toujours à moi comme témoin ; quant aux autres, je ne réclame par leur suffrage, je ne réclame que celui de mon interlocuteur. » Il mettait, en effet, si clairement en lumière les conséquences de nos prénotions que n'importe qui pouvait se rendre compte de la contradiction et s'en dégager : « L'envieux éprouve-t-il de la joie ? » — « Nullement, mais plutôt de la tristesse. » Par l'affirmation contraire il stimule son partenaire. « Eh quoi ! L'envie te paraît-elle être un sentiment de tristesse produit par la vue des maux ? Et que serait l'envie produite par la vue des maux ? » Ainsi a-t-il fait dire à son interlocuteur que l'envie est un sentiment de tristesse produit par la vue des biens. « Mais quoi ! Pourrait-on être envieux de ce qui est sans rapport avec nous ? » — « Nullement. » Et de la sorte, il a complètement déterminé la notion, il l'a nettement expliquée ; après quoi, il a pu quitter son homme sans lui dire : « Définis-moi l'envie », puis quand il l'a définie : « Mauvaise définition, car les termes de la définition ne correspondent pas à la chose définie » : expressions techniques, et par là fastidieuses et difficiles à comprendre pour des profanes, expressions dont nous ne parvenons pas à nous dégager. Mais pour les termes que le profane lui-même comprend et qui lui permettraient ainsi, grâce à ses propres représentations, soit de concéder une proposition, soit de la nier, nous sommes absolument incapables de nous en servir pour stimuler notre homme. Et alors naturellement, conscients de cette incapacité dont nous souffrons, nous nous abstenons de cette tâche, ceux du moins qui ont un peu de prudence, tandis que les étourneaux, qui sont le plus grand nombre, s'ils s'aventurent dans un tel guêpier, s'embrouillent eux-mêmes et embrouillent les autres et finalement s'en vont après un échange d'injures.

Or, la première qualité de Socrate et sa caractéristique essentielle était de ne jamais s'emporter dans la discussion, de ne jamais proférer d'injure en aucune manière, de ne jamais se montrer insolent, mais de supporter les injures des autres et de mettre fin à la dispute. Si vous voulez savoir combien grande était sa force dans ce domaine, lisez le *Banquet* de Xénophon et vous verrez combien de disputes il a fait cesser. Aussi les poètes de leur côté n'ont-ils pas tort d'accorder les plus grands éloges au fait que :

Vite il sut apaiser les plus grandes querelles[1].

1. Hésiode, *Théogonie*, 87.

Mais quoi ! De nos jours cette occupation n'offre pas trop de sécurité et surtout à Rome. Celui qui s'y adonne ne devra évidemment pas faire cela dans un coin, mais aller trouver quelque riche personnage consulaire, si la chance le lui permet, et lui demander : « Ô toi, peux-tu me dire à qui tu as confié tes chevaux ? » — « Oui. » — « Est-ce au premier venu, à un homme qui n'entend rien aux chevaux ? » — « Nullement. » — « Eh quoi ! à qui as-tu confié ton or ou ton argent ou tes vêtements ? » « Je ne les ai pas confiés non plus au premier venu. » — « Et ton propre corps, as-tu songé à qui tu en confierais le soin ? » — « Évidemment. » « À ceux d'un homme compétent, n'est-il pas vrai, je veux dire compétent en fait de culture physique et de médecine ? » — « Mais absolument. » « Est-ce là ce que tu as de plus précieux, ou possèdes-tu encore quelque chose de meilleur que tout cela ? » — « Qu'entends-tu par là ? » « Ce qui, par Zeus, utilise toutes ces choses, met chacune d'elles à l'épreuve et délibère à leur propos. » — « Tu veux parler de l'âme ? » « Tu as bien compris. C'est précisément ce dont je veux parler. » — « Oui, par Zeus, je la regarde comme de beaucoup supérieure à tout ce que je possède » — « Peux-tu donc me dire de quelle manière tu prends soin de ton âme ? Car il n'est pas vraisemblable qu'un homme aussi sage que toi et aussi estimé dans sa cité traite négligemment, au hasard et n'importe comment, le plus précieux de ses biens, s'en désintéressant et le laissant dépérir. » — « Nullement. » — « Mais en as-tu pris soin toi-même ? Et cela en t'instruisant auprès de quelqu'un, ou par ta propre industrie ? » Alors, il est à craindre qu'il te réponde tout d'abord : « Mais en quoi cela te regarde-t-il, excellent homme ? Qui es-tu pour moi ? » Puis, si tu persistes à le tourmenter, qu'il ne lève le poing sur toi et ne t'en administre un bon coup. C'est un genre d'affaires dont j'étais jadis très friand, moi aussi, avant d'avoir l'expérience de ces difficultés.

Contre ceux qui s'obstinent dans certaines de leurs décisions *

Quand certains entendent ces discours : il faut être ferme, la volonté est libre par nature ; elle n'est pas sujette à la contrainte, tandis que tout le reste peut être entravé, contraint, esclave et au pouvoir d'autrui, ils s'imaginent qu'ils doivent toujours demeurer inébranlables dans ce qu'ils ont décidé. Mais il faut tout d'abord que ces décisions soient saines. Oui, je veux de la vigueur dans un corps, mais la vigueur d'un corps sain, la vigueur d'un athlète. Mais si c'est la vigueur d'un frénétique que tu m'étales, et si tu t'en vantes, je te dirai : « Mon brave homme, va chercher le médecin. Ce n'est point là de la vigueur, mais un autre genre d'atonie. »

Voilà bien en somme ce qu'éprouvent dans leur âme ceux qui comprennent mal ces discours. Ainsi, un de mes amis, sans aucun motif, décida de se laisser mourir de faim. Je l'appris quand il

* Ch. XV, L. II.

en était à son troisième jour de jeûne. Je fus alors le trouver et lui demandai ce qui était arrivé.

— J'ai décidé, me dit-il.

— Mais encore, qu'est-ce qui t'a ainsi poussé ? Si ta décision est judicieuse, nous voici auprès de toi pour t'aider à sortir de la vie ; mais si ta décision est déraisonnable, change-la.

— Il faut s'en tenir à ses décisions.

— Que fais-tu là, brave homme ! Non pas à toutes, mais à celles qui sont judicieuses. Par exemple, si tu as dans l'idée que maintenant il fait nuit, ne change pas ton opinion, si cela te fait plaisir, mais tiens-la ferme et dis qu'il faut s'en tenir à ses décisions ! Ne veux-tu pas poser le principe et le fondement, examiner si ta décision est saine ou non, et ensuite établir sur ce fondement la fermeté et la stabilité de cette décision ? Mais si tu mets à la base un fondement pourri et croulant, il ne faut pas construire, et plus tu accumuleras de matériaux et de matériaux puissants, plus rapide sera la chute. Sans le moindre motif, tu nous supprimes de l'existence un ami, un camarade, un concitoyen de la grande et de la petite cité. De plus, tu commets un meurtre et détruis un être humain qui n'a commis aucune injustice, et tu prétends qu'il faut t'en tenir à tes décisions ! Mais s'il te venait jamais à l'idée de me tuer, devrais-tu t'en tenir à tes décisions ?

Mon homme se laissa convaincre avec peine. Mais il y a de nos jours des gens qu'il est impossible de changer. Aussi je crois savoir aujourd'hui, ce que j'ignorais auparavant, la signification du dicton courant : « Un fou ne peut être ni persuadé, ni brisé. » Dieu me préserve d'avoir pour ami un « sage » qui n'est qu'un fou. Il n'y a rien de plus difficile à manier. « J'ai décidé. » Et les fous aussi ! Et plus fermes sont leurs décisions erronées, plus ils ont besoin d'ellébore. Ne veux-tu pas te conduire comme un malade et appeler le médecin ? « Maître, je suis malade, viens à mon secours. Vois ce que je dois faire. Mon rôle est de t'obéir. »

De même dans notre cas : « Je ne sais ce que je dois faire et je suis venu pour l'apprendre. »

Non, mais : « Parle-moi d'autre chose, car pour cela, je l'ai décidé. »

— De quelles autres choses ? Qu'y a-t-il de plus important ou de plus à propos que de te persuader qu'il ne suffit pas d'avoir décidé et de refuser de changer ? Cela, c'est la vigueur des fous, non des hommes bien portants.

— Je veux mourir, si tu m'y contrains.

— Pourquoi, brave homme ? Qu'est-il arrivé ?

— Je l'ai décidé.

— Heureusement que tu n'as pas décidé de me tuer !

— Je ne reçois pas d'argent.

— Pourquoi ?

— Je l'ai décidé.

— La même vigueur, sache-le bien, dont tu te sers aujourd'hui pour ne pas recevoir de l'argent, rien n'empêche que tu ne l'inclines un jour déraisonnablement à en recevoir et à répéter : « j'ai décidé ». Absolument comme dans un corps malade et qui souffre d'un écoulement d'humeurs, l'écoulement se porte tantôt d'un côté, tantôt d'un autre. De même pour l'âme faible, on ne sait vers quel côté elle penche ; mais quand la vigueur vient en outre s'ajouter à cette inclination et à ce mouvement, alors le mal devient rebelle à tout secours et il est incurable.

*Que nous ne nous exerçons pas à faire l'application de nos jugements concernant les biens et les maux**

— Quel est le siège du bien ?
— La personne morale.
— Quel est celui du mal ?
— La personne morale.
— Et de ce qui est neutre ?
— Ce qui n'est point du domaine de la personne morale.

— Eh bien ! Quelqu'un d'entre nous se souvient-il, hors de l'école, de ces principes ? S'exerce-t-il à répondre aux faits comme il répondrait à ces questions : « Fait-il jour ? » — Oui. — « Et encore : fait-il nuit ? » — Non. — « Et encore : les astres sont-ils en nombre pair ? » — Je ne puis le dire.

Quand on te présente de l'argent, t'es-tu exercé à faire la réponse qui convient : « Ce n'est pas un bien » ? T'es-tu exercé en ces sortes de réponses, ou seulement à réfuter les

* Ch. XVI, L. II.

sophismes ? Pourquoi donc t'étonner si dans ces matières où tu t'es exercé tu arrives à te dépasser toi-même, si dans celles au contraire où tu ne t'es point exercé tu restes ce que tu es ? Pourquoi, par exemple, l'orateur qui a conscience d'avoir composé un beau discours, d'avoir bien gravé dans sa mémoire ce qu'il a écrit, dont la voix est agréable, reste-t-il néanmoins anxieux ? C'est que le seul fait de s'être exercé ne lui suffit pas. Que veut-il donc ? Les louanges des auditeurs. Or, c'est à la pratique de son art qu'il s'est exercé et non en vue de la louange et du blâme. Quand, en effet, a-t-il appris auprès d'un maître ce qu'est la louange, ce qu'est le blâme, quelle est la nature de l'une ou de l'autre, quelle sorte de louanges il faut rechercher ou quelle sorte de blâmes il faut éviter ? Et quand a-t-il pratiqué ces exercices conformément à ces principes ? Pourquoi donc s'étonner encore si dans le domaine de ses compétences il surpasse les autres, mais si dans celui où il est inexpert il n'est pas différent de la multitude ? Tout comme le citharède qui sait jouer de la cithare, chante bien, porte une belle tunique, et qui tremble pourtant lorsqu'il entre en scène. Oui, il sait tout cela, mais il ignore ce qu'est la foule et ce que sont les cris ou les railleries de la foule. Et l'anxiété elle-même, il ne sait pas ce qu'elle est, si elle est notre œuvre à nous ou celle d'un autre, s'il est possible ou non de la faire cesser. Aussi, il s'en va tout gonflé de vanité si on le loue, mais si on se moque de lui, voilà cette pauvre outre percée et dégonflée.

Et nous aussi, nous éprouvons quelque chose de semblable. Qu'admirons-nous ? Les objets extérieurs. À quoi nous attachons-nous ? Aux objets extérieurs. Et nous hésitons à comprendre pourquoi nous éprouvons de la crainte ou de l'anxiété ? Que peut-il donc arriver quand nous regardons les événements comme des maux ? Nous ne pouvons pas ne pas craindre, nous ne pouvons pas ne pas être anxieux. Alors nous disons : « Seigneur Dieu, comment ferai-je pour éviter l'anxiété ? » Insensé, n'as-tu pas des mains ? Est-ce que Dieu ne les a pas faites pour toi ? Va donc t'asseoir et prie que la morve ne coule pas de ton nez ! Mouche-toi plutôt et cesse de récriminer.

Mais quoi ! dans le cas présent, Dieu ne t'a-t-il rien donné ? Ne t'a-t-il pas donné l'endurance ? Ne t'a-t-il pas donné la magnanimité, ne t'a-t-il pas donné le courage ? Avec les mains que tu as, tu cherches encore quelqu'un pour te moucher ? Mais nous ne nous exerçons pas à tout cela, nous n'en sommes pas préoccupés. Voyons, montrez-moi un homme qui se demande comment faire une chose, qui se préoccupe non d'un résultat à obtenir, mais de son acte même. Qui, en se promenant, se préoccupe de son action ? Qui, en délibérant, se préoccupe de sa délibération elle-même, et non d'obtenir ce qui en fait le sujet ? Et s'il l'obtient, le voilà tout fier et il dit : « Comme nous avons bien délibéré ! Ne t'ai-je pas dit, mon frère, qu'il nous est impossible, quand nous avons étudié une affaire, de ne pas réussir ? » Mais si l'affaire tourne autrement qu'il ne l'avait prévu, le malheureux est tout humilié, il ne trouve même pas la plus petite explication à ce qui est arrivé. Qui de vous n'a pour cela fait appel à un devin ? Qui de vous n'a pratiqué l'incubation pour savoir comment agir ? Qui ? Montrez-moi seulement un homme, que je le voie, cet homme que je cherche depuis si longtemps, cet homme vraiment noble et d'une riche nature ; qu'il soit jeune ou vieux, montrez-le-moi.

Pourquoi donc nous étonner encore d'être si parfaitement experts dans les choses matérielles, et dans nos actions, bas, inconvenants, médiocres, lâches, mous, tous jusqu'aux derniers des nullités morales. C'est que nous n'en avons eu cure dans le passé et ne nous y exerçons pas non plus dans le présent. Si ce n'était pas la mort ou l'exil qui nous faisait peur, mais la peur elle-même, nous nous exercerions à éviter ces états d'âme qui nous paraissent des maux. Or, actuellement à l'école, nous sommes ardents et bavards ; survienne la moindre questionnette sur quelqu'une de ces matières, nous sommes capables d'en examiner à fond les conséquences. Mais pousse-nous à la pratique, et tu verras de misérables naufragés. Qu'une représentation troublante nous assaille, et tu connaîtras à quoi nous nous sommes exercés, quel a été l'objet de nos efforts. Dès lors, à cause de notre manque d'exercice, nous accumulons sans fin certaines difficultés et nous les rendons plus grandes que nature. Ainsi, quand je navigue, me penchant sur l'abîme, ou regardant la mer tout autour et ne voyant plus la terre, je déraisonne et je m'imagine qu'il me faudra absorber toute cette mer si je viens à faire naufrage ; il ne me vient pas à l'esprit qu'il me suffit de trois setiers ! Qu'est-ce donc qui me trouble ? La mer ? Non, mais mon jugement. De même, quand survient un tremblement de terre, je m'imagine que la ville va tomber sur moi. Ne suffit-il pas d'un petit caillou pour me faire sauter la cervelle ?

Qu'est-ce donc qui nous accable et nous fait déraisonner ? Quoi d'autre que nos jugements ? Celui qui s'en va et se sépare de ce qui lui est familier, camarades, lieux, relations sociales, quelle autre réalité l'accable que son jugement ? Quand les enfants se mettent à pleurer parce que la nourrice s'éloigne un peu, il leur suffit de recevoir un petit gâteau pour oublier aussitôt leur chagrin. Veux-tu donc que nous aussi nous ressemblions aux enfants ? Non, par Zeus. Ce n'est pas, en effet, un gâteau, je suppose, qui agira sur nous, mais ce sont des jugements droits. Et quels sont-ils ? Ce sont ceux auxquels l'homme doit s'exercer tout le long du jour, ne s'attachant à rien de ce qui ne dépend point de lui, camarade, lieu, gymnases, pas même à son propre corps, se souvenant de la loi et l'ayant devant ses yeux. Quelle est donc la loi ? La loi divine : Veiller sur ce qui vous appartient en propre, ne pas chercher à s'arroger ce qui appartient aux autres, mais user de ce qui vous est donné, ne pas désirer ce qui ne vous est pas donné ; si quelque chose vous est enlevé, le rendre facilement et sans délai, plein de gratitude pour le temps où l'on en a usé, — si tu ne veux pas pleurer après ta nourrice et ta maman. Qu'importe, en effet, l'objet qui nous domine et dont on dépend ? En quoi es-tu supérieur à celui qui pleure pour une fillette, si tu te lamentes pour un pauvre gymnase, un petit portique, de jeunes garçons… et semblables passe-temps ? En voilà un autre qui vient et se plaint de ce qu'il ne boira plus l'eau de Dirkè. L'eau de Marcia serait-elle donc plus mauvaise que celle de Dirkè ?

— Mais j'étais habitué à celle-là.

— Tu t'habitueras également à celle-ci. Et puis, si tu te laisses influencer par de tels objets, tu n'as aussi qu'à pleurer sur eux et à tâcher de composer un vers à la manière d'Euripide :

Les thermes de Néron et l'eau de Marcia.

Vois comment naît une tragédie quand les fous sont aux prises avec des événements ordinaires.

— Quand donc reverrai-je Athènes et l'Acropole ?

— Malheureux, ne te suffit-il pas de ce que tu vois tous les jours ? Que peux-tu voir de mieux ou de plus grand que le soleil, la lune, les astres, la terre entière, la mer ? Et si, en vérité, tu comprends Celui qui gouverne l'Univers et si tu Le portes en toi-même, peux-tu regretter des cailloux et de la jolie pierre ? Alors, quand tu devras quitter le soleil même et la lune, que feras-tu ? Tu t'assiéras et pleureras comme les enfants ? Qu'as-tu donc fait à l'école, qu'as-tu écouté, qu'as-tu appris ? Pourquoi revendiquer pour toi le titre de philosophe, au lieu de revendiquer les droits de la vérité et de dire : « J'ai travaillé quelques introductions et lu quelques traités de Chrysippe, mais je n'ai pas franchi le seuil même de la philosophie. Quelle part puis-je bien avoir, en effet, à cette œuvre à laquelle Socrate s'adonnait, lui qui a fait une telle mort et a vécu comme il a vécu ? à cette œuvre à laquelle Diogène s'adonnait ? » T'imagines-tu quelqu'un de ces hommes pleurant ou se fâchant parce qu'il ne verra plus un tel ou une telle, parce qu'il ne vivra plus à Athènes ou à Corinthe, mais, le cas échéant, à Suse ou à Ecbatane ? Celui qui peut, en effet, quitter le banquet quand il lui plaît et cesser le jeu, va-t-il encore se lamenter tandis qu'il reste ? Et ne reste-t-il pas là comme à un jeu, tant qu'il s'amuse ? Pensez-vous qu'un tel homme serait prompt à endurer un exil perpétuel, ou l'exil de la mort, si on l'y a condamné ?

Ne veux-tu pas être enfin sevré comme les enfants et prendre une nourriture plus forte sans pleurer après mamans et nourrices — lamentations de vieilles femmes ?

— Mais en les quittant, je vais leur faire de la peine.

— Toi, de la peine, à elles ? Nullement, mais comme pour toi, ce sera leur jugement. Qu'as-tu donc à faire ? Rejette ce jugement, et elles de leur côté, si elles veulent bien faire, rejetteront le leur. Sinon, ce sera leur faute si elles se lamentent. Homme, comme dit le proverbe, n'hésite pas à perdre la tête pour le bonheur, pour la liberté, pour la magnanimité. Relève enfin la tête comme un homme libéré de la servitude ; ose élever ton regard vers Dieu et lui dire : « Sers-toi de moi désormais à ta guise : mes pensées sont les tiennes, je suis à toi ; je ne refuse rien de ce qui te semble bon ; conduis-moi où tu veux ; revêts-moi du costume qui te plaît. Veux-tu que je sois dans les charges, que je vive comme un simple particulier, que je reste, que je parte en exil, que je sois pauvre, que je sois riche ? Je te justifierai de tout devant les hommes ; je montrerai quelle est la vraie nature de chacune de ces choses. » Non, mais va t'asseoir dans une étable à bœufs et attends que ta maman vienne te gaver. Si Héraclès fût demeuré chez lui au milieu des siens, qu'eût-il été ? Un Eurysthée et nullement un Héraclès. Eh bien ! en parcourant le monde, que de relations il s'est créées, que d'amis il s'est faits ! Mais il n'avait pas de plus intime ami que Dieu. Aussi a-t-il passé pour fils de Dieu, et il l'était. C'est donc pour lui obéir qu'il parcourait la terre, la purifiant de l'injustice et de l'iniquité. Mais tu n'es pas Héraclès et tu ne peux purifier les autres de leurs maux ; mais tu n'es pas Thésée non plus pour pouvoir purifier l'Attique des siens. Purifie-toi des tiens propres. En conséquence, chasse de ta pensée, au lieu d'un Procuste et d'un Skiron, le chagrin, la crainte, le désir, l'envie, la malveillance, l'avarice, la mollesse, l'intempérance. Et tout cela il n'y a pas moyen de le chasser autrement qu'en élevant ses regards vers Dieu seul, en s'attachant à lui seul, pleinement dévoué à ses ordres. Mais si tu désires autre chose, tu suivras avec des gémissements et des lamentations quiconque est plus fort que toi, et c'est au-dehors que tu ne cesseras de chercher le bonheur, sans jamais arriver à pouvoir être heureux : car tu le cherches là où il n'est pas, et tu négliges de le chercher là où il est.

*Comment il faut combattre ses représentations**

Toute habitude et toute faculté se conserve et se fortifie par les actions correspondantes, celle de marcher par la marche, celle de courir par la course. Si tu veux être bon lecteur, lis ; bon écrivain, écris. Si tu passes trente jours sans lire, mais t'adonnes à une autre occupation, tu verras le résultat. De même, si tu restes couché dix jours, essaie après t'être levé de faire une course un peu longue, et tu verras comme tes jambes sont paresseuses. D'une façon générale, si tu veux bien faire une chose, prends l'habitude de la faire. Si tu ne veux pas la faire, ne la fais pas, mais accoutume-toi à en faire une autre plutôt que celle-là. Il en est aussi de même pour les états de l'âme. Quand tu te mets en colère, sache que ce n'est point ce seul mal qui t'est arrivé, mais que, de plus, tu as fortifié l'habitude et que tu as, pour ainsi dire, apporté des cotrets au feu. Quand tu as

* Ch. XVIII, L. II.

cédé à la passion charnelle, ne compte pas cette seule défaite, mais considère que tu as alimenté ton incontinence, que tu l'as accrue. Il est impossible, en effet, que, grâce aux actions correspondantes, les habitudes et les facultés ne viennent à naître, si elles n'existaient pas auparavant, ou ne se développent et ne prennent de la force.

C'est ainsi assurément que naissent encore les infirmités morales, comme l'exposent les philosophes. Lorsque, en effet, tu as été pris une fois par la cupidité de l'argent, si la raison a été appliquée de façon à nous faire prendre conscience du mal, la cupidité cesse et notre partie maîtresse est rétablie dans son état primitif. Que si tu n'appliques, au contraire, aucun remède, elle ne reviendra pas à sa première condition, mais excitée de nouveau par la représentation correspondante, elle s'embrasera à la flamme de la cupidité plus vite qu'auparavant. Et si cela se reproduit de façon continue, un cal finit par se former, et l'infirmité fortifie l'avarice. Celui qui a eu la fièvre, une fois rétabli, ne se trouve plus dans le même état qu'avant son accès, à moins qu'il n'ait été complètement guéri. Voilà bien aussi ce qui arrive pour les affections de l'âme. Des traces et des meurtrissures subsistent en elle ; si on ne les efface parfaitement, aux premiers coups reçus au même endroit, ce ne sont plus des meurtrissures, mais des plaies qui se forment. Veux-tu ne plus être irascible ? Ne donne pas d'aliment à ton habitude ; ne lui jette rien en pâture qui puisse la faire croître. Apaise la première manifestation et compte les jours où tu ne t'es pas mis en colère : « J'avais l'habitude de me mettre en colère tous les jours ; maintenant c'est tous les deux jours, puis tous les trois, puis tous les quatre. » Et si tu te contiens durant trente jours, offre un sacrifice à Dieu. L'habitude est affaiblie la première fois, puis elle est même complètement détruite. « Aujourd'hui, je ne me suis pas laissé aller à la tristesse, ni le jour suivant, ni successivement pendant deux et trois mois ; mais je me tenais sur mes gardes quand se présentaient quelques sujets d'irritation. » Sache que cela va très bien pour toi. Aujourd'hui, j'ai vu un beau garçon ou une belle fille et je ne me suis pas dit : « Plût au ciel qu'on eût couché avec elle », et « Heureux son mari ! ». Car, celui qui dit cela, dit également : « Heureux l'adultère ! » Je ne me représente même pas les scènes qui suivent : cette femme est là présente, elle se dévêt, elle se couche près de moi… Je me tape le front et je dis : Bien, Épictète, tu as résolu un joli petit sophisme, plus joli de beaucoup que celui du « Dominateur ». Mais si la femmelette est consentante, si elle me touche et se met tout près de moi, et si moi je m'écarte et remporte la victoire, voilà cette fois résolu le sophisme qui surpasse celui du « Trompeur », ou celui du « Reposant ». De cela, oui, on a le droit d'être fier, mais non de ce que l'on peut poser le sophisme du « Dominateur ».

Comment donc en arriver là ? Aie la volonté de te donner finalement satisfaction à toi-même ; aie la volonté de paraître beau aux regards de Dieu ; désire devenir pur, d'accord avec ce qu'il y a de pur en toi et d'accord avec Dieu. Puis quand surgit en toi une représentation de cette sorte, comme dit Platon, va offrir un sacrifice expiatoire, va en suppliant aux temples des dieux tutélaires ; il suffira même de te retirer dans la société des hommes nobles et vertueux et de mettre ta vie en comparaison avec la leur, que tu choisisses ton modèle parmi les vivants ou parmi les morts. Va vers Socrate et vois-le couché auprès d'Alcibiade et se moquant de sa beauté. Réfléchis à la grande victoire qu'il a eu conscience de remporter, à quelle victoire olympique ! et à quel rang, parmi les successeurs d'Héraclès, il se plaçait[1] ! En sorte, par les dieux, qu'on pouvait justement lui adresser le compliment : « Salut, homme prodigieux ! » à lui, plutôt qu'à ces putides athlètes, à ces pancratiastes, ou à leurs semblables, les gladiateurs. Si tu lui opposes ces pensées, tu vaincras ta représentation, au lieu d'être entraîné par elle. Mais tout

1. On appelait ainsi les champions qui, à l'exemple d'Héraclès, triomphaient le même jour à la lutte et au pancrace.

d'abord ne te laisse pas saisir par la soudaineté du choc, dis : « Attends un peu, ô ma représentation ; laisse que je voie ce que tu es et quel est ton objet, laisse-moi t'éprouver. » Puis, ne lui permets pas de se développer et de déployer la série de ses tableaux, sinon elle te possède et te conduit où elle veut. Mais substitue-lui plutôt une belle et noble représentation ; quant à celle qui est impure, chasse-la. Si tu prends ainsi l'habitude de t'exercer, tu verras quelles épaules tu vas acquérir, quels nerfs, quelle vigueur ! Mais pour l'instant, ce n'est que de la parlote, et rien de plus.

Voilà le véritable athlète, celui qui s'exerce lui-même contre de telles représentations. Tiens bon, malheureux, ne te laisse pas captiver. Le combat est grand, l'œuvre est divine ; c'est pour un royaume, pour la liberté, pour le bonheur, pour la paix. Souviens-toi de Dieu, invoque son aide et son soutien, comme les navigateurs, dans la tempête, invoquent les Dioscures. Car, quelle tempête plus grande que la tempête suscitée par des représentations puissantes et qui excluent la raison ? Et cette tempête elle-même, qu'est-elle d'autre qu'une représentation ? Ainsi, supprime la crainte de la mort et amène tous les tonnerres et tous les éclairs qu'il te plaira, tu verras combien grande est la tranquillité et la sérénité de la partie maîtresse de ton âme. Mais si vaincu une fois, tu dis que tu seras vainqueur une autre fois, et si cela recommence encore, sache-le bien, tu te trouveras finalement en un tel état de misère et de faiblesse qu'il te sera impossible de te rendre même compte de ta faute, mais tu commenceras aussi à fournir des excuses pour justifier ton action. Et dès lors tu confirmeras la vérité de cette parole d'Hésiode :

L'homme qui ajourne son travail, à chaque fois porte un défi aux désastres.

*Contre ceux qui ne s'approprient des philosophes que l'argumentation**

L'argument dominateur paraît avoir été posé en vertu des principes suivants : Il y a contradiction mutuelle entre ces trois propositions : tout ce qui s'est réalisé dans le passé est nécessaire ; l'impossible ne peut être une conséquence du possible, et : il y a du possible qui n'a point de réalité actuelle ou n'en aura pas.

Ayant conscience de cette contradiction, Diodore s'appuyait sur la vraisemblance des deux premières propositions pour établir celle-ci : rien n'est possible qui n'ait ou ne doive avoir une réalité actuelle.

Or, des deux propositions à choisir, voici celles qu'un autre conservera : il y a du possible qui n'a ou n'aura pas de réalité actuelle, — et : l'impossible ne peut être une conséquence du possible, mais non la suivante : tout ce qui s'est réalisé dans le passé est nécessaire. Telle paraît être l'opinion

* Ch. XIX, L. II.

de l'école de Cléanthe avec laquelle Antipater était pleinement d'accord.

D'autres, au contraire, conservent le groupe suivant de propositions : il y a du possible qui n'a ou n'aura pas de réalité actuelle, et : tout ce qui s'est réalisé dans le passé est nécessaire, et ils affirment alors que l'impossible peut être une conséquence du possible. Mais il n'y a pas moyen de les conserver toutes trois à la fois, à cause de leur contradiction mutuelle.

Si donc on me demande : « Et toi, lesquelles de ces propositions conserves-tu ? » je répondrai que je n'en sais rien. Mais j'ai reçu l'information suivante : Diodore conservait telles propositions, l'école de Panthoidès, je crois, et Cléanthe telles autres, et celle de Chrysippe d'autres encore.

— Mais toi, quel est ton avis ?

— Je ne me suis pas occupé de cela, je veux dire de sonder ma propre représentation, de comparer les différentes affirmations et de me former moi-même un jugement sur le sujet. Aussi ne différé-je en rien du grammairien :

— Quel était le père d'Hector ?

— Priam.

— Quels étaient ses frères ?

— Alexandre et Deïphobos.

— Et leur mère à eux, qui était-ce ?

— Hécube. Voilà l'information que j'ai reçue.

— De qui ?

— D'Homère. Je crois qu'Hellanicos écrit

également sur ces mêmes questions, et peut-être un autre du même acabit. Quant à moi, sur l'argument dominateur, que puis-je dire de plus ? Mais si je suis vaniteux, je puis, surtout dans un banquet, ébaubir les convives en énumérant ceux qui ont écrit sur le sujet : Chrysippe en a écrit merveilleusement dans son premier livre des Possibles. Et Cléanthe a écrit spécialement là-dessus, de même Archédémos. Antipater encore a écrit sur la question, non seulement dans son traité des Possibles, mais en particulier dans ses dissertations sur le Dominateur. N'as-tu pas lu le traité ?

— Je ne l'ai pas lu.

— Lis-le.

Et quel profit en retirera-t-il ? Il sera plus bavard et plus importun qu'il ne l'est maintenant. Ainsi toi, qu'as-tu retiré de plus de cette lecture ? Quel jugement t'es-tu formé sur le sujet ? Oui, tu nous parleras d'Hélène et de Priam et de l'île de Calypso qui n'a jamais existé et n'existera jamais.

Et en ces matières, cela n'a aucune importance de posséder l'information sans se former un jugement personnel. Mais cela même encore nous arrive beaucoup plus dans les questions de morale que dans les précédentes.

— Parle-moi des biens et des maux.

— Écoute :

Un vent, loin d'Ilion, me poussa chez les Ciconiens.

Parmi les réalités, les unes sont bonnes, les autres mauvaises, les autres indifférentes. Sont bonnes : les vertus et tout ce qui y participe ; sont mauvais : les vices et tout ce qui participe aux vices ; sont indifférentes, les réalités intermédiaires : richesse, santé, vie, mort, plaisir, peine.

— Comment le sais-tu ?

— Hellanicos le dit dans ses *Égyptiaques.*

— Et qu'importe que tu répondes ainsi, ou que ce soit Diogène qui parle de la sorte dans son *Éthique,* ou Chrysippe ou Cléanthe ? As-tu donc sondé quelqu'une de ces propositions et t'es-tu formé par toi-même un jugement ? Montre-moi comment tu as coutume, sur un navire, d'affronter la tempête ? Souviens-toi de cette distinction lorsque le vent mugit, et qu'un fâcheux témoin de tes cris de frayeur te dit : « Répète-moi, par les dieux, je t'en conjure, les belles choses que tu disais tout dernièrement : est-ce un vice de faire naufrage ; cela a-t-il un rapport quelconque avec un vice ? » — Ne prendras-tu pas un bâton pour le rosser ? « Que nous importe à nous et à toi, homme ? Nous périssons et tu viens plaisanter ? »

Et si César te fait mander pour répondre à une accusation, souviens-toi de la distinction si à ton arrivée, quand tu es tout pâle et tremblant, quelqu'un s'approche de toi et te dit : « Homme, pourquoi trembles-tu ? De quoi s'agit-il pour toi ? Est-ce que, du fond de son palais, César distribue vertus et vices à ceux qui se présentent ? »

— « Pourquoi ajouter à mes malheurs, toi aussi, en te moquant de moi ? » — Pourtant, philosophe, dis-moi pourquoi tu trembles ? N'est-ce point la mort qui te menace ou la prison, ou un châtiment corporel, ou l'exil, ou un discrédit ? Que peut-il y avoir d'autre ? Est-ce que cela est un vice ? Est-ce que cela a un rapport quelconque avec un vice ? Mais toi, comment appelais-tu ces choses ? — « Que nous importe à moi et à toi, homme ? Mes propres maux me suffisent. » — Et tu dis bien ; oui, tes propres maux te suffisent, la bassesse, la lâcheté, la vantardise, cette vantardise qui te rendait si fanfaron quand tu étais assis sur les bancs de l'école. Pourquoi te parais-tu d'ornements étrangers ? Pourquoi te proclamais-tu Stoïcien ?

Observez-vous ainsi vous-mêmes en tout ce que vous faites, et vous découvrirez à quelle secte vous appartenez. La plupart d'entre vous, vous découvrirez que vous êtes Épicuriens, un petit nombre Péripatéticiens, et Péripatéticiens bien mous. Où donc avez-vous montré par le fait que vous considérez la vertu comme égale, ou même supérieure, à tout le reste ? Mais montrez-moi un Stoïcien, si vous en avez un. Où cela et comment ? Oui, vous pouvez m'en montrer des milliers qui récitent les sentences stoïciennes. Mais ces mêmes individus récitent-ils moins bien les sentences épicuriennes ? Et les sentences péripatéticiennes, ne les expliquent-ils pas aussi exactement ? Qu'est-ce donc qu'un Stoïcien ? De même que nous appelons « phidiaque » une statue modelée suivant l'art de Phidias, de même, montrez-moi un homme modelé sur les jugements qu'il profère. Montrez-moi un homme malade et heureux, en danger et heureux, mourant et heureux, exilé et heureux, discrédité et heureux. Montrez-le. J'ai le désir, par les dieux, de contempler un Stoïcien. Mais vous ne pouvez me montrer l'homme ainsi modelé. Montrez-moi, du moins, celui qui se modèle, celui qui s'est orienté dans cette direction. Faites-moi cette faveur. Ne refusez pas à un vieillard la vue d'un spectacle que jusqu'à ce jour je n'ai pas contemplé. Vous imaginez-vous que vous devez me montrer le Zeus de Phidias ou l'Athéna, un objet d'ivoire et d'or ? C'est une âme que l'un de vous doit me montrer, une âme d'homme, qui veuille faire avec Dieu une seule volonté et ne plus récriminer contre Dieu ou contre un homme, ne plus faillir dans ses entreprises, ne plus se heurter à des obstacles, ne plus s'irriter, ne plus céder à l'envie ou à la jalousie (pourquoi donc user de circonlocutions ?), devenir un dieu au lieu d'un homme et, dans ce misérable corps mortel, aspirer à la société de Zeus. Montrez-le. Mais vous ne le pouvez. Pourquoi donc vous duper vous-mêmes et vous jouer des autres ? Et pourquoi, recouverts d'un masque étranger, vous produire au-dehors, voleurs et pillards de ces noms et de ces réalités qui ne vous conviennent pas du tout ?

Et voici que maintenant moi, je suis votre maître, et vous vous instruisez auprès de moi. Et moi, j'ai formé ce dessein de vous rendre affranchis de tout obstacle, de toute contrainte, de toute entrave, libres, prospères, heureux, élevant vers Dieu votre regard dans tous les événements, grands ou petits. Et vous, vous êtes ici pour apprendre ces choses et pour les mettre en pratique. Pourquoi donc n'achevez-vous pas cette œuvre, s'il est vrai que vous, de votre côté, vous avez formé le dessein qu'il convient d'avoir, et si moi, outre ce dessein, je suis muni des moyens convenables. Qu'est-ce qui fait défaut ? Quand je vois un ouvrier qui a sous la main la matière, j'attends l'œuvre. Or ici, il y a l'ouvrier, il y a la matière. Que nous manque-t-il ? La chose en peut-elle être enseignée ? Elle peut l'être. Serait-ce alors qu'elle n'est point en notre pouvoir ? Mais c'est la seule, au contraire, entre toutes les autres qui y soit. La richesse n'est pas en notre pouvoir, ni la santé, ni la réputation, ni quoi que ce soit, sauf la rectitude dans l'usage de nos représentations. Cela seul est affranchi de tout obstacle, de toute contrainte. Pourquoi donc ne point achever ? Dites-m'en la cause. Ou, en effet, c'est ma faute à moi, ou c'est la vôtre, ou cela tient à la nature même de la chose. Pour la chose, elle est possible et seule elle est en notre pouvoir. Il reste donc que ce soit ou de ma faute à moi, ou de la vôtre, ou ce qui est plus vrai, de notre faute commune. Qu'en est-il donc ? Voulez-vous que nous commencions enfin à nous occuper ici d'un tel dessein ? Renonçons à tout ce que nous avons fait jusqu'à présent. Commençons seulement, fiez-vous à moi et vous verrez.

*De l'incohérence**

Les hommes conviennent facilement de certaines de leurs misères, mais pour d'autres, ils font difficulté. Ainsi, personne ne conviendra qu'il soit toqué ou inintelligent, mais tout au contraire, tu entendras dire à tout le monde : « Plût au ciel que j'eusse autant de chance que d'esprit ! » Ils conviennent facilement de leur timidité et disent : « Je suis un peu timide, j'en conviens ; par ailleurs, tu ne trouveras pas que je sois un sot. » De l'intempérance, on ne conviendra pas facilement et de l'injustice pas du tout, de l'envie non plus, absolument pas, ni de l'indiscrétion ; de la pitié, la plupart des gens conviendront. Quelle en est donc la raison ? La principale, c'est l'incohérence et la confusion dans tout ce qui concerne le bien et le mal, mais suivant les gens, les raisons sont différentes, et l'on peut dire que tout ce qu'ils s'imaginent être

* Ch. XXI, L. II.

honteux, ils n'en conviennent pas du tout. On s'imagine que la timidité est le fait d'un bon caractère, ainsi que la pitié, tandis que la sottise paraît être le fait d'une âme d'esclave ; et les fautes contre la société, ils ne les admettent nullement.

Pour la plupart des erreurs, la raison principale pour laquelle on est porté à en convenir, c'est qu'on s'imagine y découvrir un élément involontaire, comme dans la timidité et la pitié. Et si on doit s'avouer intempérant, on met en avant l'amour, afin d'être excusé comme d'un acte involontaire. Quant à l'injustice, on ne s'imagine nullement qu'elle soit involontaire. Dans la jalousie, il y a aussi, pense-t-on, quelque chose d'involontaire. C'est pourquoi, on finit également par en convenir.

Vivant parmi de tels hommes, ainsi désorientés et ne sachant ni ce qu'ils disent, ni ce qu'il y a ou ce qu'il n'y a pas de mal en eux, ou la cause de ce mal, ou comment ils s'en délivreront, — il est bon, je crois, d'arrêter constamment sa pensée sur les réflexions suivantes : « Ne suis-je pas par hasard moi-même l'un d'entre eux ? Quelle idée dois-je avoir de moi-même ? Comment est-ce que je me conduis ? Est-ce vraiment comme un sage ? Est-ce vraiment comme un homme qui se possède ? Puis-je dire, moi aussi, que j'ai été préparé à toute éventualité ? Ai-je, comme il convient à un homme qui ne sait rien, la conscience que je ne sais rien ? Vais-je à mon maître comme aux oracles, prêt à obéir ? Ou moi aussi, plein de morve, ne vais-je à l'école que pour apprendre l'histoire (des doctrines) et pour comprendre les livres que je ne comprenais pas auparavant, et, le cas échéant, pour les expliquer aux autres ? » Homme, chez toi, tu as boxé avec ton petit esclave, tu as mis le désordre dans ta maison, tu as jeté le trouble parmi tes voisins, et tu viens à moi avec des mines solennelles comme un philosophe, et après t'être assis, tu juges comment j'ai expliqué mon texte, comment — que vais-je dire — j'ai bavardé sur tout ce qui me passait par la tête. Tu es venu rempli d'envie, humilié, parce qu'on ne t'a rien envoyé de chez toi, et pendant toute la leçon, tu es assis, n'ayant d'autre préoccupation que de connaître les sentiments de ton père ou de ton frère à ton égard : « Que dit-on de moi là-bas ? À ce moment, ils pensent que je fais des progrès et ils disent : "il reviendra sachant tout" ». Je voudrais bien évidemment rentrer chez moi sachant tout, mais cela demande beaucoup de peine et personne ne m'envoie rien, et à Nicopolis les bains sont sales ; je suis mal là où j'habite, mal ici. »

Et puis on dit : « Personne ne retire aucun profit de l'école. » Mais qui donc vient à l'école, qui, je vous le demande, pour obtenir sa guérison ? qui vient pour soumettre ses jugements et les faire rectifier ? qui vient y prendre pleine conscience de ce dont il a besoin ? Pourquoi donc vous étonner si ces jugements que vous apportez à l'école, vous les remportez de nouveau ? Vous n'êtes pas venu, en effet, pour les déposer ou pour les corriger ou pour en changer. Mais comment ! Bien loin de là ! Voyez plutôt, du moins, si vous avez obtenu ce précisément pour quoi vous étiez venu. Vous désirez pouvoir pérorer sur les préceptes de philosophie. Mais quoi ? N'êtes-vous pas devenus plus beaux parleurs ? Ces préceptes, ne vous fournissent-ils pas une matière pour exhiber vos petites questions ? Ne résolvez-vous pas des syllogismes, des arguments équivoques ? N'examinez-vous pas les prémisses du « Trompeur », des arguments hypothétiques ? Pourquoi donc vous fâcher encore si vous obtenez le résultat que vous êtes venus chercher ?

— Oui, mais si mon petit enfant vient à mourir, ou mon frère, ou si moi-même je dois mourir ou subir la torture, à quoi me serviront toutes ces belles choses ?

— Mais est-ce bien pour cela que tu étais venu ? Est-ce bien pour cela que tu t'es assis à mes côtés ? Est-ce bien pour cela que tu as jamais allumé ta lampe ou que tu as veillé ? Ou quand tu sortais, dans tes promenades, as-tu jamais posé devant ton esprit quelque représentation, au lieu d'un syllogisme, et l'as-tu examinée avec tes compagnons ? Quand donc ? Et puis vous dites : « Inutiles les préceptes ! » À qui ? À ceux qui ne s'en servent pas comme il faut. Car les collyres ne sont pas inutiles à ceux qui savent s'en frotter les yeux comme et quand il faut, les cataplasmes ne sont pas inutiles, les haltères ne sont pas inutiles, mais il y en a pour qui ils sont inutiles, il y en a, au contraire, pour qui ils sont utiles. Si maintenant tu me demandes : « Les syllogismes sont-ils utiles ? », je te répondrai qu'ils sont utiles, et si tu veux, je te démontrerai comment.

— Mais à moi, de quelle utilité m'ont-ils été ?

— Homme, tu ne me demandais pas, n'est-il pas vrai, s'ils te sont utiles à toi, mais s'ils sont utiles en général ? Que le malade atteint de dysenterie me demande si le vinaigre est utile, je lui dirai qu'il l'est.

— Mais à moi, est-il utile ?

— Je répondrai : non. Cherche d'abord à arrêter ton humeur, à cicatriser ton abcès.

Et vous aussi, messieurs, soignez d'abord vos blessures, arrêtez le flux de vos humeurs, calmez votre esprit, apportez-le à l'école libéré de toute distraction, et vous saurez quelle force possède la raison !

*Du talent oratoire**

Il n'est personne qui ne lise avec plus de plaisir et plus de facilité le livre écrit en caractères plus distincts. N'est-il point vrai aussi que tout le monde écoute plus facilement les discours exprimés en une langue élégante et distinguée ? Il ne faut donc pas dire qu'il n'y a point de talent de la parole : ce serait parler à la fois comme un impie et comme un peureux. Comme un impie, parce qu'on dénigre les dons de Dieu, tout comme si on niait l'utilité de la vue ou de l'ouïe, ou le langage lui-même. C'est donc pour rien que Dieu t'a donné des yeux, pour rien qu'il les a imprégnés d'un esprit assez puissant et assez industrieux pour atteindre à une grande distance et modeler les formes des objets vus ? Et quel messager est aussi rapide et aussi attentif ? Est-ce aussi pour rien que Dieu a créé l'air intermédiaire assez actif et assez élastique pour que la vision

* Ch. XXIII, L. II.

puisse passer à travers ce milieu bien tendu ? Est-ce pour rien qu'il a produit la lumière dont l'absence rendrait inutile tout le reste ?

Homme, ne sois pas ingrat, ni oublieux non plus des dons meilleurs, mais pour la vue et l'ouïe, et, par Zeus, pour la vie elle-même et pour tous les secours qui l'entourent, pour les fruits séchés, pour le vin, pour l'huile, rends grâces à Dieu ; souviens-toi pourtant qu'il t'a donné quelque chose de meilleur que tout cela, la faculté d'en user, de juger, d'estimer la valeur de chacun de ces dons. Qu'est-ce qui déclare, en effet, pour chacune de ces facultés quelle est leur valeur ? Est-ce chaque faculté en particulier ? As-tu jamais entendu la vue se prononcer sur elle-même, ou bien l'ouïe ? Mais comme des servantes et des esclaves, elles ont été placées au service de la puissance qui use des représentations. Et si tu demandes quelle est la valeur de chacune, à qui le demandes-tu ? Qui te répond ? Comment donc une autre faculté pourrait-elle être meilleure que celle qui se sert des autres comme de servantes, et qui juge chacune d'elles et se prononce sur elles ? Qui, en effet, parmi ces dernières, sait ce qu'elle est et quelle est sa valeur ? Qui d'entre elles sait quand on doit se servir d'elle et quand on ne le doit pas ? Laquelle ouvre et ferme les yeux, les détourne des objets dont il faut les détourner et les dirige vers d'autres ? Est-ce la vue ? Non, mais la faculté distinctive de la personne. Laquelle ferme les oreilles et les ouvre ? Laquelle rend les hommes curieux et chercheurs, ou au contraire insensibles aux discours ? L'ouïe ? Non, ce n'est point une autre que la faculté distinctive de la personne. Et quand cette puissance voit que toutes les autres facultés qui l'entourent sont aveugles et sourdes, incapables de rien saisir en dehors de ces actes mêmes pour lesquels elles ont été placées à son service et à ses soins, tandis que seule elle voit clair et peut embrasser d'un coup d'œil et les autres, leur valeur à chacune, et elle-même, sera-t-elle en droit de nous déclarer qu'une autre chose qu'elle est le bien suprême ? Et que fait l'œil, s'il est ouvert, sinon voir ? Mais doit-on regarder la femme de quelqu'un et comment, qui nous le dit ? La faculté distinctive de la personne. Faut-il ajouter foi à ce qu'on nous dit ou n'y point croire, et quand on y a cru, faut-il s'en irriter ou non, qui nous le dit ? N'est-ce pas la faculté distinctive de la personne ? Et la parole elle-même, avec les enjolivements du langage, s'il y a toutefois une faculté spéciale, que fait-elle, quand le discours vient à tomber sur un sujet, sinon enjoliver les mots et les arranger, comme le coiffeur la chevelure ? Mais vaut-il mieux parler ou se taire, vaut-il mieux parler de cette façon ou de cette autre, ceci convient-il ou non, quel est le temps propice pour chaque discours et quel est son usage, est-il une autre faculté pour nous l'indiquer que celle qui caractérise la personne ? Voudrais-tu donc qu'elle vînt elle-même prononcer sa condamnation ?

« Mais quoi, dit l'interlocuteur, si tout ceci est vrai, il est également vrai que le serviteur peut être meilleur que le maître, le cheval que le cavalier, le chien que le chasseur, l'instrument que le musicien, les sujets que le roi. »

Qu'est-ce donc qui se sert de tout le reste ? La personne. Qu'est-ce qui veille sur tout le reste ? La personne. Qu'est-ce qui supprime l'homme tout entier, ou par la faim, ou par la pendaison, ou en le précipitant d'un sommet escarpé ? La personne. Alors, y a-t-il parmi les hommes une force plus puissante ? Et comment serait-il possible que ce qui peut être entravé soit plus puissant que ce qui ne connaît pas d'entraves ? Qu'est-ce qui est de nature à faire obstacle à la faculté de voir ? À la fois la personne et des objets indépendants d'elle. De même pour la faculté de l'ouïe et de même encore pour celle du langage. Et la personne, qu'est-ce qui est de nature à lui faire obstacle ? Rien de ce qui ne dépend point d'elle, mais elle seule quand elle est pervertie. C'est pourquoi, elle seule devient vicieuse, elle seule vertueuse.

Eh bien ! puisqu'elle est une puissance si grande et possède la prééminence sur toutes les autres, qu'elle vienne nous dire que la chair est supérieure à toute autre chose. Même si la chair proclamait elle-même sa supériorité, on ne pourrait tolérer sa prétention. Or, qu'est-ce donc, Épicure, qui prononce ce jugement ? Qu'est-ce qui a écrit *Sur la Fin, La Physique, Sur le Canon* ? Qu'est-ce qui t'a poussé à laisser croître ta barbe ? Qu'est-ce qui a écrit au moment de mourir : « Nous vivons notre dernier jour qui est aussi un heureux jour » ? La chair ou la personne ? Et après cela peux-tu admettre, à moins d'être insensé, quelque chose de meilleur ? Peux-tu, en vérité, être aussi aveugle, aussi sourd ?

Mais quoi ! Méprise-t-on les autres facultés ? À Dieu ne plaise ! Dit-on qu'il n'y a ni utilité, ni progrès en dehors de la faculté distinctive de la personne ? À Dieu ne plaise ! Ce serait une stupidité, une impiété, une ingratitude envers Dieu. Mais on assigne à chaque chose sa valeur. Oui, l'âne aussi a sa véritable utilité, mais moins grande que celle du bœuf. Le chien également a la sienne, mais moins grande que celle de l'esclave ; l'esclave aussi a la sienne, mais moins grande que celle des citoyens, et ces derniers ont également la leur, mais moins grande que celle des chefs. Il ne faut pourtant pas, parce que certains êtres sont supérieurs, mépriser l'utilité qu'offrent les autres. La parole a également sa valeur, mais moindre que la faculté distinctive de la personne. Donc quand je parle de la sorte, qu'on n'aille pas croire que je vous exhorte à négliger la parole, pas plus que je ne vous exhorte à négliger les yeux, les oreilles, les mains, les pieds, les vêtements ou les chaussures. Mais si on me demande : « Quel est donc la plus excellente des réalités ? » que répondrai-je ? La parole ? Je ne puis, mais bien : cela qui caractérise la personne, quand elle est droite. Car c'est là ce qui se sert et de la parole et de toutes les autres facultés, petites ou grandes. Si elle est bien dirigée, l'homme devient bon ; si elle est mal dirigée, l'homme devient mauvais. Par elle nous connaissons l'insuccès ou le succès, nous nous critiquons mutuellement ou nous sommes content les uns des autres ; elle est, en un mot, ce qui cause le malheur, quand on la néglige, et le bonheur quand on en prend soin.

Mais supprimer la parole et dire qu'en réalité elle n'est rien n'est point simplement le fait d'un ingrat à l'égard de ceux qui la lui ont donnée, mais encore le fait d'un peureux. Un tel homme me paraît craindre, en effet, que s'il existe une faculté à cet effet, nous ne soyons pas capables de la mépriser. C'est absolument comme ceux qui prétendent qu'il n'y a aucune différence entre la beauté et la laideur. Eh quoi ! On pourrait être affecté de la même manière par la vue de Thersite et par celle d'Achille ? par la vue d'Hélène et par celle de la première femme venue ? Mais c'est de la sottise, c'est un manque de culture, c'est le fait de gens inconscients de la nature de chaque réalité, mais qui redoutent, si l'on vient à sentir cette différence, qu'on ne s'en retourne captivé et vaincu. Non, l'important, le voici : c'est de laisser chaque être en possession de sa propre faculté, après quoi, de considérer la valeur de cette faculté, d'apprendre quel est le plus excellent parmi les êtres, et celui-là de le rechercher partout, de lui consacrer tous ses soins, de regarder, par rapport à lui, tout le reste comme secondaire, sans toutefois négliger même ce reste, autant que faire se peut. Ainsi devons-nous prendre soin de nos yeux, non pas cependant comme de l'être par excellence, mais en prendre soin pour l'amour de l'être par excellence, car il n'y a pas d'autre moyen pour celui-ci d'atteindre sa perfection naturelle que d'user de nos yeux avec prudence et de préférer certaines choses à d'autres.

Or, qu'arrive-t-il ? On agit comme un homme qui, rentrant dans sa patrie, passe en un lieu où se trouve une belle auberge, et comme l'auberge lui plaît, il y reste. Homme, tu as oublié ton but. Ce n'est point là que tu allais, mais tu y passais.

— Mais c'est une jolie auberge.

— Et combien d'autres qui sont jolies, combien de prairies ! simplement comme lieux de passage. Ton but le voici : c'est de retourner dans ta patrie, de libérer les tiens de la crainte, de remplir toi-même tes devoirs de citoyen, de te marier, d'avoir des enfants, de remplir les charges légales. Tu n'es pas venu, je suppose, pour choisir les lieux qui sont pour nous les plus jolis, mais pour t'en retourner et vivre dans ton pays natal, là où tu as été enrôlé comme citoyen. Voilà bien aussi à peu près ce qui se passe dans le cas présent. Comme c'est par le moyen de la parole et de l'enseignement qu'on doit avancer vers la perfection, purifier sa personnalité morale et redresser la faculté qui use des représentations ; comme d'autre part l'enseignement des principes doit user nécessairement d'une certaine élocution et s'accompagner d'une certaine variété et d'une certaine finesse dans les termes, il y a des gens qui s'y laissent prendre et qui s'y arrêtent : l'un est captivé par le style, l'autre par les syllogismes, un troisième par les arguments équivoques, un autre encore par quelque autre « auberge » de ce genre, et restant là, ils y pourrissent comme à côté des Sirènes.

Homme, ton but était de te mettre en état d'user, conformément à la nature, des représentations qui s'offrent, de voir réaliser tes désirs, de ne point rencontrer ce que tu cherches à éviter, de ne jamais subir d'échec, de ne jamais tomber dans le malheur, d'être libre, sans entraves, affranchi de toute contrainte, en entière conformité avec le gouvernement de Zeus, t'y soumettant, y trouvant ta satisfaction, ne critiquant personne, n'accusant personne, capable de répéter ces vers avec toute ton âme :

Dirige-moi, ô Zeus, ainsi que toi, ô Destinée !

Alors, orienté vers ce but, parce qu'un petit morceau de style te plaît, parce que certains principes te plaisent, tu vas t'arrêter là et tu choisis d'y demeurer, oublieux de ce que tu possèdes chez toi, et tu vas dire : « Ce sont de jolies choses » ? Qui donc nie qu'elles soient jolies ? Mais comme un lieu de passage, comme une auberge. Qu'est-ce qui peut empêcher, en effet, qu'un orateur digne de Démosthène subisse un échec ? Qu'est-ce qui peut empêcher qu'un homme capable de résoudre les syllogismes comme Chrysippe, soit malheureux, souffre, éprouve de l'envie, en un mot vive dans le trouble et dans la misère ? Absolument rien. Tu vois donc que c'étaient là des auberges sans valeur et que le but était tout autre. Quand je parle ainsi à certains, ils s'imaginent que je dénigre l'étude de la rhétorique ou celles des principes scientifiques. Non certes, je ne la dénigre pas, mais seulement de ne faire attention qu'à cela et d'y placer tous ses espoirs. Si quelqu'un en développant ces idées est désagréable à ses auditeurs, mettez que moi aussi je suis un de ces hommes désagréables. Mais je ne puis, alors que je vois qu'une chose est la plus importante et l'essentiel, dire que c'en est une autre pour vous faire plaisir.

Qu'il faut tout entreprendre avec circonspection *

De chacune de tes actions examine les antécédents et les conséquences, et alors seulement entreprends-la. Sinon, tu commenceras par t'y adonner avec ardeur pour n'avoir nullement réfléchi à ses conséquences, puis, dès que l'une ou l'autre se manifestera, tu lâcheras honteusement.

— Je veux vaincre aux jeux Olympiques.

— Eh bien ! examine les antécédents et les conséquences, et alors, si tu dois en retirer un avantage, mets la main à l'œuvre. Tu dois accepter une discipline, te soumettre à un régime, t'abstenir de friandises, faire de l'exercice par nécessité, à une heure déterminée, sous la chaleur ou le froid, ne pas boire frais, ni de vin quand tu en as l'occasion ; tu dois t'être livré, en un mot, à ton entraîneur comme à un médecin. De plus, dans le combat, tu devras ramasser de la poussière, parfois te démettre la main, te fouler

* Ch. XV, L. III.

le pied, avaler beaucoup de sable, recevoir le fouet ; et, avec tout cela, il pourra t'arriver parfois d'être vaincu[1]. Quand tu auras réfléchi à ces choses, si tu le veux encore, prends le métier d'athlète ; sinon, rends-toi compte que tu te comporteras à la manière des enfants : tantôt ils jouent aux athlètes, tantôt aux gladiateurs, tantôt ils sonnent de la trompette, puis ils jouent toutes les scènes qu'ils ont vues et admirées. Toi, de même, tu es de cette façon tantôt athlète, tantôt gladiateur, ensuite philosophe et rhéteur, mais, avec ton âme entière, rien du tout ; comme un singe, tout ce que tu vois, tu l'imites ; c'est toujours une chose après l'autre qui te plaît, mais l'accoutumance t'ennuie. Car tu n'as rien entrepris après examen, ni après avoir fait le tour de l'affaire tout entière et l'avoir éprouvée, mais au petit bonheur et d'un cœur froid.

Ainsi certains, après avoir vu un philosophe et avoir entendu quelqu'un parler comme Euphrate[2] (et pourtant, en est-il qui puisse

1. Au moment de proclamer la loi qui règle les relations sexuelles et ordonne de s'en tenir à une conformité absolue avec la nature, l'Athénien, pour prouver que ce qu'il demande n'est pas au-dessus des forces humaines, fait appel, lui aussi, à l'exemple des athlètes qui, « pour vaincre à la palestre, à la course et aux autres concours, ont eu l'audace de se priver de ce qui est, pour le commun des hommes, la plénitude du bonheur » (*Lois*, VIII, 840 b ; trad. A. Diès).

2. Philosophe stoïcien contemporain d'Épictète. Pline le Jeune en trace un long et très élogieux portrait. Il compare

parler comme lui ?), veulent à leur tour philosopher. Homme, examine d'abord ce qu'est la chose, puis également ta propre nature et ce que tu peux porter. Si tu veux être lutteur, regarde tes épaules, tes cuisses, tes reins. Car un homme a des dispositions naturelles pour une chose, un autre pour une autre. Crois-tu qu'en agissant comme tu le fais tu peux philosopher ? Crois-tu que tu peux manger, boire comme tu le fais, te mettre ainsi en colère, manifester ainsi ton humeur ? Il faut veiller, se donner de la peine, vaincre certains désirs, s'éloigner de ses proches, supporter les mépris d'un petit esclave, les railleries de ceux qu'on trouve sur son chemin, être moins bien partagé en tout, en fait de pouvoir, d'honneur, au tribunal. Quand tu auras bien pesé ces choses, si tu le juges à propos, accède à la philosophie, si tu veux, à ce prix, acquérir en échange la tranquillité, la liberté, le calme. Sans quoi, ne t'approche pas, n'imite pas les enfants, aujourd'hui philosophe, demain percepteur d'impôts, puis rhéteur, puis procurateur de César. Tout cela ne va pas ensemble. Il faut que tu sois un homme *un*, tout bon ou tout mauvais, tu dois cultiver ou la partie maîtresse de ton âme ou les choses extérieures, consacrer tes forces au soin ou de ton intérieur ou de ce qui

---

son style à celui de Platon pour son élévation et son ampleur (*Lettres*, I, 10).

est hors de toi, c'est-à-dire embrasser la vie d'un philosophe ou celle d'un profane.

Après le meurtre de Galba, quelqu'un disait à Rufus : « Et maintenant, c'est la Providence qui gouverne le monde ? » Et lui de répondre : « Me suis-je jamais, même accessoirement, appuyé sur l'exemple de Galba pour prouver que la Providence gouverne le monde ? »

*À ceux qui lisent et discutent pour parader**

Quel genre d'homme veux-tu être ? Commence par te le dire à toi-même ; après quoi, règle tes actes sur ce modèle. C'est là, en effet, ce que nous voyons se passer dans presque tous les autres domaines. Les athlètes commencent par décider à quelle catégorie ils désirent appartenir, et alors ils agissent en conséquence. Si l'on veut fournir la grande course, il faut prendre telle nourriture, faire telle promenade, se faire masser de telle manière, accomplir tels exercices... ; si l'on veut courir dans le stade, toutes ces préparations seront différentes ; si l'on veut être pentathle, elles le seront encore plus. Tu trouveras des différences semblables pour les métiers. Si tu veux être charpentier, tu auras à faire telles et telles choses ; si tu veux être forgeron, telles autres. Car, pour toutes nos actions, si nous ne les rapportons pas à un but, nous agirons à l'aveu-

* Ch. XXIII, L. III.

glette, et si nous les rapportons à un but qui ne convient pas, nous commettrons des fautes.

Or il y a un but général et un but particulier. Tout d'abord, je dois agir en homme. Qu'est-ce que cela implique ? De ne pas agir comme un mouton, bien qu'on agisse avec douceur, ou d'une façon malfaisante, comme une bête fauve. Le but particulier concerne le genre de vie de chacun et sa personne morale. Le citharède doit agir en citharède, le charpentier en charpentier, le philosophe en philosophe, le rhéteur en rhéteur. Donc, quand tu dis : « Venez écouter la lecture[1] que je vais vous faire », veille d'abord à ne pas faire cela à l'aveuglette. Ensuite, si tu trouves que tu te réfères à un but, veille à ce que ce soit celui qu'il faut. Veux-tu être utile, ou recevoir des louanges ? Aussitôt, tu entends une voix te répondre : « Quelle valeur peut avoir pour moi la louange populaire ? » Et cette voix a raison. Elle n'a aucune valeur, en effet, ni pour le musicien comme tel, ni pour le géomètre. Par conséquent, tu veux être utile ? À quoi ? Dis-le-nous, pour que nous accourions, nous aussi, à tes

1. Aux alentours de notre ère, le travail du grammairien comporte quatre étapes : la critique du texte, la lecture, l'explication, le jugement. L'absence de séparation entre les mots rendait la lecture très difficile, d'où la nécessité d'une longue préparation et d'une étude attentive du texte. Cet exercice était si réputé qu'il figurait aux concours officiels organisés par les cités hellénistiques.

leçons. Voyons, peut-on être utile aux autres, si l'on n'a soi-même réellement profité ? Non. Pas plus que celui qui n'est pas charpentier ne peut être utile aux autres dans l'art de la charpenterie, ou celui qui n'est pas cordonnier, dans l'art de la cordonnerie.

Veux-tu savoir si tu as réellement profité ? Exhibe tes jugements, philosophe. Que se proposent tes désirs ? De ne pas manquer leur but. Et tes aversions ? De ne pas tomber dans ce qu'elles cherchent à éviter. Eh bien ! réalisons-nous ce qu'ils se proposent ? Dis-moi la vérité. Si tu mens, je te répliquerai : L'autre jour, comme tes auditeurs s'étaient réunis sans grand enthousiasme et ne t'avaient pas acclamé, tu es sorti profondément humilié ; tel autre jour, tu avais reçu des louanges et tu te promenais, répétant à tout venant :

— Quelle impression t'ai-je faite ?

— Sur ma vie, merveilleuse, maître.

— Et comment ai-je rendu ce fameux passage ?

— Lequel ?

— Celui où j'ai fait la description de Pan et des Nymphes.

— Superbement.

— Et maintenant, tu viens me dire que, dans tes désirs et tes aversions, tu as l'habitude de te conformer à la nature ? Va le faire croire à un autre. Et, l'autre jour, n'as-tu pas adressé à un tel des éloges contre ton sentiment ? Et n'as-tu pas flatté un tel, le sénateur ? Voudrais-tu que tes enfants fussent comme lui ?

— Jamais de la vie !

— Pourquoi donc le flatter et le combler de prévenances ?

— C'est un garçon de grand talent et qui aime à entendre les discours.

— Comment le sais-tu ?

— Il m'admire.

— Tu as donné la raison. Après cela, que t'en semble ? Ces mêmes gens ne te méprisent-ils pas en secret ? Lorsqu'un homme qui a conscience de n'avoir rien fait ni conçu de bien trouve un philosophe qui lui déclare : « Tu es un génie, un homme droit et honnête », que penses-tu donc qu'il puisse se dire à lui-même, sinon : « Cet individu a, sans doute, besoin de moi » ? Ou bien, dis-moi, quelle œuvre de génie a-t-il produite ? Voilà si longtemps qu'il te fréquente, il a écouté tes discours, il a écouté tes lectures. Est-il devenu modeste ? A-t-il fait un retour sur lui-même ? A-t-il conscience de la misère où il se trouve ? A-t-il perdu sa présomption ? Cherche-t-il l'homme qui l'instruira ?

— Il le cherche, dit-il.

— Celui qui l'instruira sur la manière dont il doit vivre ? Non, sot, mais sur la manière dont il doit parler. Car c'est pour cela qu'il t'admire, toi aussi. Écoute-le. Que dit-il ? « Cet homme écrit avec le plus grand art, bien plus élégamment que Dion. » C'est une tout autre affaire. Dit-il peut-être : « Notre homme est plein de réserve, il est fidèle, il garde son calme » ? Et même s'il le disait, je lui répliquerais : « Puisque cet homme est fidèle, en quoi consiste cette fidélité qu'il possède ? » Et s'il n'avait rien à répondre, j'ajouterais : « Commence par apprendre ce dont tu parles, et alors tu pourras parler. »

Et c'est dans ces dispositions d'esprit déplorables, c'est avec cette soif de louanges, c'est en comptant tes auditeurs que tu veux être utile aux autres ?

— Aujourd'hui, ils étaient beaucoup plus nombreux à m'écouter.

— Oui, ils étaient nombreux.

— Nous croyons bien qu'ils étaient cinq cents.

— Ce n'est rien dire ; tu peux en mettre mille.

— Jamais Dion n'a eu autant d'auditeurs.

— Comment les aurait-il ?

— Et ils ont le sens affiné pour les discours.

— Le beau, maître, peut émouvoir même une pierre.

— Et voilà des paroles de philosophe, voilà l'état d'esprit de quelqu'un qui veut être utile aux hommes ! Voilà un homme qui a écouté la voix de la raison, qui a lu les écrits socratiques, comme on doit lire des écrits socratiques et non comme on lit ceux de Lysias et d'Isocrate ! « J'ai souvent admiré par quels arguments... »

Non, mais plutôt : « par quel argument… » Ceci est plus fluide que cela. Avez-vous donc lu ces écrits autrement qu'on ne lit des chansonnettes ! Car, si vous les lisiez comme il faut, vous ne vous arrêteriez pas à ces vétilles, mais voici plutôt ce que vous considéreriez : « Anytos et Mélètos peuvent me faire mettre à mort, mais ils ne peuvent me nuire[1] », et encore : « J'ai toujours été homme à ne prêter attention à rien d'autre en moi qu'à la raison qui, à l'examen, me paraît la meilleure[2]. » Aussi, qui a jamais entendu dire à Socrate : « Je sais quelque chose et je l'enseigne » ? Au contraire, il avait coutume d'envoyer les jeunes gens l'un ici, l'autre là. Alors, ils venaient à lui et le priaient de les introduire auprès de philosophes, et lui les conduisait et les introduisait. N'est-ce pas ainsi, ou bien, en les accompagnant, leur disait-il : « Viens m'écouter discourir aujourd'hui dans la maison de Quadratus » ? Pourquoi t'écouter ? Veux-tu me montrer que tu disposes élégamment les mots ? Tu sais bien les disposer, homme. Et quel bien t'en revient-il ?

— Donne-moi des éloges.

— Qu'entends-tu par donner des éloges ?

— Dis-moi : Bravo ! et : C'est merveilleux !

— Voilà ! je te le dis. Mais si l'éloge est

1. Platon, *Apologie*, 30 c.
2. Platon, *Criton*, 46 b.

quelqu'une de ces choses que les philosophes placent dans la catégorie du bien, quel éloge puis-je te donner ? Si c'est un bien que de parler correctement, apprends-le-moi et je te louerai.

— Mais quoi ! Doit-on écouter sans plaisir d'aussi beaux discours ?

— À Dieu ne plaise ! Moi, je n'entends pas non plus sans plaisir un citharède. Mais est-ce une raison pour que je doive me tenir debout à jouer de la cithare ? Écoute ce que dit Socrate : « Il ne conviendrait pas, hommes, qu'à mon âge, je me présentasse à vous en fignolant mes phrases, comme un petit jeune homme[1]. » Il dit « comme un petit jeune homme ». C'est qu'en réalité, c'est un art élégant de choisir de jolis mots, de les disposer et de venir les lire ou réciter avec grâce, et de s'écrier au milieu de sa lecture : « Sur votre vie, il n'y a pas beaucoup de gens à pouvoir comprendre ces choses-là. »

Un philosophe invite-t-il les gens à venir l'écouter ? N'est-il pas vrai plutôt que, comme le soleil, spontanément, attire à lui sa nourriture[2], le philosophe également attire à lui ceux à qui il doit être utile ? Quel est le médecin qui invite à se faire soigner par lui ? Je me sais laissé dire,

1. Platon, *Apologie*, 17 c.

2. Pour Zénon, Cléanthe et Chrysippe, le soleil était de feu et se nourrissait des vapeurs de l'Océan. Mais c'était déjà l'opinion de Thalès et Aristote l'avait longuement critiquée.

toutefois, qu'aujourd'hui, à Rome, les médecins invitent les gens à venir à eux : (mais, de mon temps, c'était eux qu'on invitait) : « Je t'invite à venir t'entendre dire que tu ne vas pas bien, que tu t'occupes de tout autre chose que de ce dont tu devrais t'occuper, que tu ignores ce qui est bien et ce qui est mal, que tu es misérable et infortuné. » La belle invitation ! Or, en vérité, si le discours du philosophe ne produit pas cet effet, il est sans vie, lui et celui qui le prononce. Rufus avait l'habitude de dire : « Si vous trouvez le temps de me louer, c'est que ma parole est vaine. » Aussi parlait-il de telle sorte que chacun d'entre nous, assis auprès de lui, s'imaginait qu'on lui avait dévoilé ses fautes, tant il touchait du doigt notre état actuel, tant il mettait sous les yeux de chacun ses misères.

C'est un cabinet médical, hommes, que l'école d'un philosophe : on ne doit pas, quand on sort, avoir joui, mais avoir souffert. Car vous n'y allez pas étant bien portants : l'un avait une épaule démise, l'autre un abcès, un troisième une fistule, un quatrième souffrait de la tête. Et alors vais-je m'asseoir et vous débiter de jolies pensées et de jolies sentences pour que vous me combliez d'éloges avant de partir, mais en remportant, l'un son épaule telle qu'il l'avait apportée, l'autre sa tête dans le même état, le troisième sa fistule et le quatrième son abcès ? Alors, faut-il que des jeunes gens s'expatrient, quittent leurs propres parents, leurs amis, leurs proches, leur petit avoir, pour te dire : « Bravo ! » quand tu leur débites tes jolies sentences ? Est-ce là ce que faisait Socrate, ce que faisait Zénon, ce que faisait Cléanthe ?

— Mais quoi ! le style protreptique n'existe-t-il pas ?

— Qui donc le nie ? Oui, il existe, tout comme le style réfutatif ou le style didactique. Mais qui en a jamais mentionné un quatrième à leur suite, le style épidictique ? Voyons en quoi consiste le style protreptique. À pouvoir montrer à un individu ou à plusieurs les contradictions dans lesquelles ils s'empêtrent, et qu'ils s'occupent de tout plutôt que de ce qu'ils veulent. Ils veulent, en effet, ce qui conduit au bonheur, et ils cherchent cette voie ailleurs qu'il ne faudrait. Pour y arriver, te faut-il disposer un millier de sièges, inviter tes auditeurs, puis, vêtu d'une robe ou d'un manteau élégants, juché sur un coussin, décrire la mort d'Achille ? Cessez, je vous en conjure au nom des dieux, d'avilir, pour autant qu'il est en votre pouvoir, de beaux noms et de belles choses. Le genre protreptique ne serait-il donc jamais plus efficace que lorsque l'orateur fait clairement comprendre à ses auditeurs qu'il a besoin d'eux ? Ou, dis-moi, qui, en entendant ta lecture ou ton discours, a été saisi d'angoisse, a fait un retour sur lui-même, ou est sorti en disant : « Le philosophe m'a bien touché ; je ne dois plus agir ainsi » ? N'est-il pas vrai que, si tu as eu un beau succès, il dit plutôt à un de ses compagnons : « Comme il a parlé de Xerxès avec élégance ! » Et l'autre de répondre : « Non, mais plutôt du combat des Thermopyles. » Est-ce ainsi qu'on écoute un philosophe ?

À ceux qui sont infidèles à leurs résolutions *

Parmi les résolutions que tu as prises en commençant, considère quelles sont celles que tu as tenues, quelles sont celles que tu as abandonnées, et comment le souvenir de certaines te donne de la joie, celui de certaines autres de la peine, et, si possible, reprends même celles auxquelles tu t'es dérobé. Ils doivent, en effet, ne pas flancher, ceux qui sont engagés dans la plus noble des luttes, mais savoir même recevoir des coups. Car il ne s'agit ni d'athlétisme ni de pancrace dans la lutte qui nous est proposée : là, suivant qu'on est vainqueur ou vaincu, on peut être plus ou moins estimé et, par Zeus, on peut être très heureux, comme on peut être très misérable, mais ici, il s'agit de la félicité elle-même et du bonheur. Que s'ensuit-il ? Ici, même si nous avons le dessous, personne ne peut nous empêcher de recommencer la lutte, et pas n'est besoin

* Ch. XXV, L. III.

d'attendre les quatre ans, jusqu'au retour des jeux Olympiques mais, dès qu'on s'est remis, qu'on a recouvré ses forces et qu'on apporte la même ardeur, on peut lutter et, si l'on succombe encore, on peut encore recommencer et, si une bonne fois on remporte la victoire, on est comme celui qui n'a jamais été vaincu.

Seulement, que l'habitude d'accomplir une action ne te fasse pas aborder cette action d'un cœur léger et parcourir ensuite, comme un mauvais athlète, le cycle des jeux en te faisant battre régulièrement, semblable en cela aux cailles qui se sauvent.

— Je suis vaincu par la représentation d'une jolie fille. Mais quoi ? Hier, n'ai-je pas été vaincu ? L'envie me démange de critiquer quelqu'un. Mais, hier, n'ai-je point fait de critiques ?

— Tu nous parles comme si tu étais sorti de là indemne. C'est comme si quelqu'un disait au médecin qui lui défend de se baigner : « Hier, ne me suis-je pas baigné ? » Le médecin pourrait alors lui répondre : « Eh bien ! après le bain, qu'as-tu donc éprouvé ? N'as-tu pas eu la fièvre ? N'as-tu pas souffert de la tête ? » Et toi, qui hier as critiqué quelqu'un, n'as-tu pas fait œuvre de mauvais coucheur, d'homme qui parle à tort à travers ? N'as-tu pas nourri cette habitude que tu portes en toi, en lui fournissant les actions qui lui sont conformes ? Et quand tu as été vaincu par cette jolie fille, t'es-tu tiré de là indemne ?

Pourquoi donc parler de tes actes d'hier ? Tu aurais dû, à mon avis, te les rappelant comme les esclaves se rappellent les coups, t'abstenir des mêmes fautes. Mais ce n'est pas la même chose : dans le premier cas, c'est la douleur qui donne la mémoire, mais, quand il s'agit de fautes, quelle est la douleur, quel est le châtiment ? Quand donc as-tu pris l'habitude de fuir les actions mauvaises ?

*De la complaisance**

Voici un point auquel tu dois accorder par-dessus tout ton attention : c'est de ne jamais te mêler à aucun de tes anciens amis, ou de tes anciennes connaissances, jusqu'à descendre à leur niveau ; sinon, tu te perdras toi-même. Mais, si cette pensée s'insinue dans ton esprit : « Je vais lui paraître gauche, et il ne sera plus avec moi comme autrefois », rappelle-toi que rien ne s'obtient gratis et qu'il n'est pas possible de rester ce qu'on était quand on n'agit plus de même. Choisis donc ce que tu désires, ou de conserver comme autrefois l'affection de tes anciens amis en restant semblable à ce que tu étais toi-même, ou d'être meilleur, et alors de ne plus obtenir la même affection. Puisque ce dernier parti est préférable, c'est par là qu'il faut sur-le-champ t'orienter et ne pas te laisser entraîner par les autres raisonnements.

* Ch. II, L. IV.

Car nul, s'il hésite entre deux routes, ne peut faire de progrès, mais si tu as préféré à toute autre cette voie, si c'est à elle seule que tu désires t'attacher, si tu veux y tendre de tous tes efforts, laisse tout le reste ; sinon, cette hésitation produira ce double résultat : tu ne feras pas les progrès qu'il te convient de faire, et tu n'obtiendras pas non plus ce que jadis tu obtenais. Autrefois, en effet, en aimant franchement ce qui n'avait aucune valeur, tu plaisais à tes compagnons. Tu ne peux te distinguer des deux manières à la fois, mais, nécessairement, pour autant que tu t'accommodes de l'une des deux, tu dois abandonner l'autre. Tu ne peux, ne buvant plus avec qui tu buvais, leur paraître aussi aimable. Choisis donc si tu désires t'enivrer et leur plaire, ou pratiquer la sobriété et leur déplaire. Tu ne peux, si tu ne chantes pas avec ceux avec qui tu chantais, être aimé par eux de la même façon. Choisis donc ici également ce que tu désires. Car, s'il vaut mieux être un homme réservé et modeste que de s'entendre dire par quelqu'un : « le charmant homme ! », laisse le reste, renonces-y, tourne-lui le dos, qu'il n'y ait rien de commun entre toi et tout cela. Mais, si ce parti ne t'agrée pas, détourne-toi complètement vers les objets contraires : deviens un quelconque des infâmes débauchés, des adultères, agis en conséquence et tu obtiendras ce que tu désires. Trépigne de joie en acclamant le danseur. Mais on ne mélange pas des rôles si différents. Tu ne peux jouer à la fois le personnage de Thersite et celui d'Agamemnon. Si tu veux être Thersite, tu dois être bossu et chauve ; mais, si c'est Agamemnon, tu dois être grand et beau et aimer tes sujets.

*Contre les gens disputeurs et brutaux**

L'homme de bien ne se dispute lui-même avec personne et, autant qu'il le peut, en empêche les autres. Un exemple de ce fait s'offre encore à nous ici comme ailleurs : c'est la vie de Socrate, qui non seulement fuyait personnellement toute occasion de dispute, mais empêchait aussi les autres de se disputer. Vois, dans le *Banquet* de Xénophon, à combien de disputes il a mis fin, et comme aussi il a montré de la patience avec Thrasymaque, avec Polos, avec Calliclès[1], comme il en a montré avec sa femme et avec son fils, quand ce dernier essayait de le réfuter par des sophismes[2]. C'est qu'il était bien fermement convaincu que nul ne peut régir la faculté maîtresse d'autrui. Aussi ne voulait-il rien de plus que ce qui était vraiment sien. Et qu'est-ce à dire ?

* Ch. V, L. IV.

1. Cf. Platon, *République* et *Gorgias.*
2. Xénophon, *Mémorables*, II, 2.

Cela ne consiste pas à faire qu'un tel agisse suivant sa nature, car ce n'est pas en notre pouvoir ; mais, tandis que les gens s'occupent de leurs propres affaires comme ils l'entendent, il s'agit néanmoins de se comporter selon la nature et d'y persévérer, de se borner à ses activités propres de façon que les autres se trouvent à leur tour en accord avec la nature. Car tel est le but que se propose toujours l'homme de bien. Se propose-t-il de gérer une préture ? Non, mais, si elle lui est donnée, de veiller dans cette situation sur sa faculté maîtresse. Se propose-t-il de se marier ? Non, mais si le mariage lui échoit, de veiller à se garder, dans cette situation, en accord avec la nature. Quant à vouloir que son fils ou sa femme ne commettent pas de fautes, c'est vouloir que les choses qui ne dépendent pas de nous en dépendent. Et l'éducation philosophique consiste à connaître ce qui est nôtre et ce qui ne l'est point.

Y a-t-il donc place encore pour la dispute chez un homme qui est dans cette disposition d'âme ? S'étonne-t-il de quelque événement que ce soit ? Cela lui paraît-il extraordinaire ? N'attend-il pas de la part des méchants des traitements plus fâcheux et plus pénibles que ceux qui lui arrivent ? Ne compte-t-il pas comme autant de gagné tout ce qu'ils ne lui font pas subir de pire ?

— Un tel t'a injurié.

— Grand merci qu'il ne m'ait pas frappé.

— Mais il t'a frappé aussi.

— Grand merci qu'il ne m'ait pas blessé.

— Mais il t'a blessé aussi.

— Grand merci qu'il ne m'ait pas tué.

Quand donc ou de qui a-t-il appris que l'homme est un être civilisé[1], qu'il aime son prochain, que l'injustice par elle-même cause un grand tort à celui qui la commet[2] ? Dès lors, s'il n'a pas appris cela et s'il n'en est pas convaincu, pourquoi ne suivrait-il pas ce qui lui paraît être son intérêt ?

— Mon voisin m'a lancé des pierres.

— Est-ce donc toi qui as commis une faute ?

— Mais mon mobilier a été brisé.

— Es-tu donc un meuble, toi ? Non, mais une personne. Alors quel moyen de défense t'est donné contre cette agression ? Es-tu un loup, ce sera de rendre morsure pour morsure et de lancer aux autres plus de pierres qu'ils ne t'en ont lancé. Mais si tu cherches à agir comme un homme, examine tes réserves, vois quelles facultés tu avais en venant ici. Serait-ce la férocité ? Serait-ce la rancune ? Quand donc un cheval est-il misérable ? Quand il est privé de ses facultés naturelles ; non pas lorsqu'il ne peut pas chanter comme le coucou, mais lorsqu'il ne peut pas courir. Et le chien ? Serait-ce lorsqu'il ne peut

1. Platon, *Sophiste*, 222 b.
2. Platon, *Criton*, 49 b. *Rép.*, 366 c et 367 d.

pas voler ? Non, mais quand il ne peut pas suivre à la piste. De même, par conséquent, n'est-il pas vrai qu'un homme aussi est malheureux, non pas s'il ne peut étrangler des lions ou étreindre des statues (car l'homme n'est pas venu au monde pourvu par la nature de facultés pour cela), mais s'il a perdu sa bonté d'âme ou sa fidélité ?

C'est à propos de cet homme-là qu'il faudrait « se rassembler pour gémir de ce qu'il est venu au monde pour tant de maux[1] », non, par Zeus, « pour l'homme qui est né ou qui est mort », mais pour l'homme qui a le malheur de perdre de son vivant ce qui est son bien propre, non pas son patrimoine, son bout de champ, sa maisonnette, son hôtellerie et ses pauvres esclaves (car, de tout cela, il n'est rien qui appartienne personnellement à l'homme : ce sont toutes choses étrangères, asservies, dépendantes de leurs maîtres, qui les donnent tantôt à l'un, tantôt à l'autre), mais bien les qualités caractéristiques de l'homme, les empreintes que l'on porte dans son esprit quand on vient au monde, semblables à celles que nous cherchons sur les pièces de monnaie : si nous les y trouvons, nous acceptons ces pièces, sinon, nous les rejetons : « De qui ce sesterce porte-t-il l'empreinte ? De Trajan ? Apporte. De Néron ? Jette-le, il n'a plus cours, il ne vaut rien. » De même aussi dans le cas

1. Allusion au *Cresphontès* d'Euripide (fr. 449, Nauck).

présent. Quelles empreintes portent ses jugements ? « Douceur, sociabilité, patience, amour du prochain. » Apporte, je l'accepte, j'en fais mon concitoyen, je l'accepte pour voisin, pour compagnon de traversée. Vois seulement s'il ne porte pas l'empreinte de Néron. Est-il irascible, rancunier, toujours mécontent de son sort ? — « Si l'idée le prend, il brise la tête des gens qu'il rencontre. » — Pourquoi disais-tu donc que c'est un homme ? Serait-ce sur la simple forme extérieure que l'on juge chacun des êtres ? À ce compte, on peut dire aussi qu'un morceau de cire est une pomme. Il faut encore qu'il en ait l'odeur et le goût : la forme extérieure ne suffit pas. Par conséquent, pour l'homme non plus, le nez et les yeux ne suffisent pas, mais il faut que ses jugements soient humains. Cet individu n'entend pas raison, il ne comprend pas quand on le réfute : c'est un âne. Chez lui le sens de la pudeur est mort : c'est un être inutile, tout plutôt qu'un homme. Cet autre cherche à rencontrer quelqu'un pour lui donner une ruade ou le mordre, de telle sorte que ce n'est ni un mouton ni un âne, mais quelque bête sauvage[1].

1. Citant le *Sophiste* (222 b) de Platon, Épictète a déjà établi que l'homme véritablement homme est un être civilisé (IV, 1, 120 et 126 ; IV, 5, 10). Comparer surtout II, 10, 14 : « Et si au lieu d'un homme, animal civilisé et sociable, tu es devenu une bête sauvage, nuisible, une bête à l'affût et qui mord, n'as-tu rien perdu ? » Le vocabulaire fait penser à *Gorgias* 516 a-b.

— Eh quoi ! Veux-tu que je me fasse mépriser ?

— Par qui ? Par des hommes qui s'y connaissent ? Et comment des hommes qui s'y connaissent pourront-ils mépriser celui qui est doux et réservé ? Par des gens qui ne s'y connaissent pas ? À quoi bon t'en préoccuper ? Pas plus qu'un homme du métier ne se préoccupe des gens qui n'entendent rien à son art.

— Mais ils n'en seront que beaucoup plus acharnés contre moi.

— Que veux-tu dire par « contre moi » ? Peut-on nuire à ta personne, ou t'empêcher de faire, des représentations qui s'offrent à toi, un usage conforme à la nature ?

— Non.

— Pourquoi donc te troubler encore et pourquoi veux-tu te montrer craintif ? Ne t'avanceras-tu pas plutôt pour proclamer que tu vis en paix avec tous les hommes, quoi qu'ils fassent, et que tu te moques principalement de ceux qui croient te faire tort ? « Ces esclaves ne savent ni qui je suis ni où se trouvent pour moi le bien et le mal : il n'y a point d'accès pour eux aux biens qui m'appartiennent. »

C'est de la sorte aussi que les habitants d'une

Socrate y prouve qu'un gardien de troupeau qui ne réussit qu'à rendre ses bêtes assez *sauvages* pour *ruer* et *mordre* est un mauvais gardien.

ville solidement fortifiée se moquent des assiégeants : « Quelle peine ces gens-là prennent en ce moment pour rien du tout ! Nos murailles sont solides, nous avons des vivres pour très longtemps, ainsi que tous autres approvisionnements. » Voilà ce qui rend une ville forte et imprenable ; quant à l'âme d'un homme, ce n'est rien d'autre que les jugements. Quelle sorte de muraille, en effet, est aussi puissante, quel corps aussi résistant ou quelle fortune aussi assurée contre le vol, ou quelle réputation aussi garantie contre les intrigues ? Toutes choses partout sont périssables et se laissent facilement enlever ; pour peu qu'on en fasse cas, on sera nécessairement dans le trouble, dans le découragement, dans la crainte, dans la tristesse, on aura des désirs insatisfaits et l'on tombera dans ce qu'on voulait éviter. Et après cela, ne voulons-nous pas fortifier le seul moyen de sécurité qui nous ait été donné ? Ne voulons-nous pas renoncer à ce qui est périssable et servile pour réserver nos efforts à ce qui ne périt point et qui, par nature, est libre ? Et ne nous souvenons-nous pas que nul ne peut nuire ou être utile à quiconque, mais que le jugement sur chacune de ces choses, voilà ce qui nuit et qui bouleverse, que là est la source des disputes, des dissentiments et des guerres ? Ce qui a fait Étéocle et Polynice, ce n'est pas autre chose que leur jugement sur la tyrannie, leur jugement sur l'exil : celui-ci était pour eux le pire des maux et celle-là le bien suprême. Or c'est la nature de tout être de rechercher le bien, de fuir le mal ; l'homme qui vous ravit le premier et vous précipite dans son contraire, il faut le regarder comme un ennemi, comme un traître, fût-il un frère, un fils ou un père, car rien ne nous est plus cher que le bien. Il reste que, si ces choses sont des biens et des maux, il n'y a plus de père qui compte pour les fils, ni de frère pour un frère, mais en tout et partout le monde est rempli d'ennemis, de traîtres, de délateurs. Si c'est, au contraire, dans la droiture de la personne, et en cela seul, que consiste le bien, si c'est dans sa perversion, et en cela seul, que consiste le mal, quelle place peut-il encore y avoir pour la dispute, quelle place pour les injures ? À quel sujet ? Pour des choses qui n'ont pour nous aucun sens ? Contre qui ? Contre les ignorants, les misérables, ceux qui se sont laissé tromper sur les questions essentielles ?

C'est grâce à ces principes gravés dans l'esprit que Socrate vivait chez lui, patient à l'égard de sa femme acariâtre et de son fils sans cœur. À quoi donc en venait cette femme acariâtre ? À lui verser sur la tête toute l'eau qu'il lui plaisait, à piétiner son gâteau[1] ; et qu'est-ce

1. Diogène Laërce, VI, 3.

que cela me fait, si je considère que tout cela n'a aucun sens pour moi ? Or une telle attitude est mon affaire à moi, et nul tyran ne pourra entraver ma volonté, nul maître ; ni la multitude entraver l'individu, ni le plus fort le plus faible, car c'est un don irréfragable de Dieu à chacun de nous. Ces jugements produisent l'amitié dans une maison, la concorde dans une ville, la paix parmi les nations ; ils rendent l'homme reconnaissant envers Dieu, partout confiant, car les choses dont il s'agissait lui sont étrangères, sans valeur pour lui. Quant à nous, oui nous sommes capables d'écrire sur ces matières, d'en faire notre lecture et de les approuver quand nous les lisons ; mais quant à y obéir, nous en sommes loin ! Voilà pourquoi le mot qui avait cours à propos des Lacédémoniens :

Chez eux, des lions ; à Éphèse, des renards[1],

s'appliquera aussi à nous : à l'école, des lions, mais au-dehors, des renards.

1. Aristophane, *Paix*, 1189-1190.

COLLECTION FOLIO 2€

Dernières parutions

3869. Bernhard Schlink	*La circoncision*
3870. Voltaire	*Traité sur la Tolérance*
3871. Isaac Bashevis Singer	*La destruction de Kreshev*
3926. Raymond Chandler	*Un mordu*
3927. Collectif	*Des mots à la bouche. Festins littéraires*
3928. Carlos Fuentes	*Apollon et les putains*
3929. Henry Miller	*Plongée dans la vie nocturne*...précédé de *La boutique des tailleurs*
3930. Vladimir Nabokov	*Un coup d'aile* suivi de *La Vénitienne*
3931. Akutagawa Ryûnosuke	*Rashômon* et autres contes
3932. Jean-Paul Sartre	*L'enfance d'un chef*
3933. Sénèque	*De la constance du sage* suivi de *De la tranquillité de l'âme*
3934. Robert Louis Stevenson	*Le club du suicide*
3935. Edith Wharton	*Les lettres*
3961. Anonyme	*Le poisson de jade et l'épingle au phénix. Conte chinois du XVII*[e] *siècle*
3962. Mikhaïl Boulgakov	*Endiablade ou comment des jumeaux causèrent la mort d'un chef de bureau*
3963. Alejo Carpentier	*Les élus* et autres nouvelles
3964. Collectif	*Un ange passe. Les anges de la littérature*
3965. Roland Dubillard	*Confessions d'un fumeur de tabac français*
3966. Thierry Jonquet	*La folle aventure des bleus...* suivi de *DRH*
3967. Susan Minot	*Une vie passionnante* et autres nouvelles
3968. Dan Simmons	*Les fosses d'Iverson*
3969. Junichirô Tanizaki	*Le coupeur de roseaux*

3970.	Richard Wright	*L'homme qui vivait sous terre*
4039.	Isaac Asimov	*Mortelle est la nuit* précédé de *Chantecloche*
4040.	Collectif	*Au bonheur de lire. Les plaisirs de la lecture*
4041.	Roald Dahl	*Gelée royale* précédé de *William et Mary*
4042.	Denis Diderot	*Lettre sur les aveugles à l'usage de ceux qui voient*
4043.	Yukio Mishima	*Martyre* précédé de *Ken*
4044.	Elsa Morante	*Donna Amalia* et autres nouvelles
4045.	Ludmila Oulitskaïa	*La maison de Lialia* et autres nouvelles
4046.	Rabindranath Tagore	*La petite mariée* suivi de *Nuage et Soleil*
4047.	Ivan Tourguéniev	*Clara Militch*
4048.	H. G. Wells	*Un rêve d'Armageddon* précédé de *La porte dans le mur*
4097.	Collectif	*« Parce que c'était lui ; parce que c'était moi ». Littérature et amitié*
4098.	Anonyme	*Saga de Gísli Súrsson*
4099.	Truman Capote	*Monsieur Maléfique* et autres nouvelles
4100.	Cioran	*Ébauches de vertige*
4101.	Salvador Dalí	*Les moustaches radar*
4102.	Chester Himes	*Le fantôme de Rufus Jones* et autres nouvelles
4103.	Pablo Neruda	*La solitude lumineuse*
4104.	Antoine de Saint-Exupéry	*Lettre à un otage*
4105.	Anton Tchekhov	*Une banale histoire. Fragments du journal d'un vieil homme*
4106.	Honoré de Balzac	*L'auberge rouge*
4143.	Ray Bradbury	*Meurtres en douceur* et autres nouvelles
4144.	Carlos Castaneda	*Stopper-le-monde*
4145.	Confucius	*Les entretiens*
4146.	Didier Daeninckx	*Ceinture rouge* précédé de *Corvée de bois*
4147.	William Faulkner	*Le Caïd* et autres nouvelles

4148. Gandhi	*La voie de la non-violence*
4149. Guy de Maupassant	*Le verrou* et autres contes grivois
4150. D.A.F. de Sade	*La philosophie dans le boudoir. Les quatre premiers dialogues*
4151. Italo Svevo	*L'assassinat de la via Belpoggio* et autres nouvelles
4191. Collectif	*« Mourir pour toi ». Quand l'amour tue*
4192. Hans Christian Andersen	*L'Elfe de la rose* et autres contes du jardin
4193. Épictète	*De la liberté* précédé de *De la profession de Cynique*
4194. Ernest Hemingway	*Histoire naturelle des morts* et autres nouvelles
4195. Panait Istrati	*Mes départs*
4196. H.P. Lovecraft	*La peur qui rôde* et autres nouvelles
4197. Stendhal	*Féder ou le mari d'argent*
4198. Junichirô Tanizaki	*Le meurtre d'O-Tsuya*
4199. Léon Tolstoï	*Le réveillon du jeune tsar* et autres contes
4200. Oscar Wilde	*La Ballade de la geôle de Reading* précédé de *Poèmes*
4273. Cervantès	*La petite gitane*
4274. Collectif	*« Dansons autour du chaudron ». Les sorcières dans la littérature*
4275. G.K. Chesterton	*Trois enquêtes du Père Brown*
4276. Francis Scott Fitzgerald	*Une vie parfaite* suivi de *L'accordeur*
4277. Jean Giono	*Prélude de Pan* et autres nouvelles
4278. Katherine Mansfield	*Mariage à la mode* précédé de *La baie*
4279. Pierre Michon	*Vie du père Foucault* suivi de *Vie de George Bandy*
4280. Flannery O'Connor	*Un heureux événement* suivi de *La personne déplacée*
4281. Chantal Pelletier	*Intimités* et autres nouvelles
4282. Léonard de Vinci	*Prophéties* précédé de *Philosophie et d'Aphorismes*
4317. Anonyme	*Ma'rûf le savetier. Un conte des Mille et Une Nuits*

4318. René Depestre — *L'œillet ensorcelé* et autres nouvelles

4319. Henry James — *Le menteur*

4320. Jack London — *La piste des soleils* et autres nouvelles

4321. Jean-Bernard Pouy — *La mauvaise graine* et autres nouvelles

4322. Saint Augustin — *La Création du monde et le Temps* suivi de *Le Ciel et la Terre*

4323. Bruno Schulz — *Le printemps*

4324. Qian Zhongshu — *Pensée fidèle* suivi d'*Inspiration*

4325. Marcel Proust — *L'affaire Lemoine*

4326. Ji Yun — *Des nouvelles de l'au-delà*

4387. Boileau-Narcejac — *Au bois dormant*

4388. Albert Camus — *Été*

4389. Philip K. Dick — *Ce que disent les morts*

4390. Alexandre Dumas — *La dame pâle*

4391. Herman Melville — *Les encantadas, ou îles enchantées*

4392. Mathieu François Pidansat de Mairobert — *Confession d'une jeune fille*

4393. Wang Chong — *De la mort*

4394. Marguerite Yourcenar — *Le Coup de grâce*

4395. Nicolas Gogol — *Une terrible vengeance*

4396. Jane Austen — *Lady Susan*

4441. Honoré de Balzac — *Les dangers de l'inconduite*

4442. Collectif — *1, 2, 3... bonheur! Le bonheur en littérature*

4443. James Crumley — *Tout le monde peut écrire une chanson triste* et autres nouvelles

4444. Fumio Niwa — *L'âge des méchancetés*

4445. William Golding — *L'envoyé extraordinaire*

4446. Pierre Loti — *Les trois dames de la kasbah* suivi de *Suleïma*

4447. Marc Aurèle — *Pensées. Livres I-VI*

4448. Jean Rhys — *À septembre, Petronella* suivi de *Qu'ils appellent ça du jazz*

4449. Gertrude Stein — *La brave Anna*

4450. Voltaire — *Le monde comme il va* et autres contes

4482. Régine Detambel	*Petit éloge de la peau*
4483. Caryl Férey	*Petit éloge de l'excès*
4484. Jean-Marie Laclavetine	*Petit éloge du temps présent*
4485. Richard Millet	*Petit éloge d'un solitaire*
4486. Boualem Sansal	*Petit éloge de la mémoire*
4518. Renée Vivien	*La dame à la louve*
4519. Madame Campan	*Mémoires sur la vie privée de Marie-Antoinette. Extraits*
4520. Madame de Genlis	*La femme auteur*
4521. Elsa Triolet	*Les amants d'Avignon*
4522. George Sand	*Pauline*
4549. Amaru	*La centurie. Poèmes amoureux de l'Inde ancienne*
4550. Collectif	*«Mon cher papa...» Des écrivains et leur père*
4551. Joris-Karl Huysmans	*Sac au dos suivi d'À vau l'eau*
4552. Marc Aurèle	*Pensées. livres VII-XII*
4553. Valery Larbaud	*Mon plus secret conseil...*
4554. Henry Miller	*Lire aux cabinets* précédé d'*Ils étaient vivants et ils m'ont parlé*
4555. Alfred de Musset	*Emmeline* suivi de *Croisilles*
4556. Irène Némirovsky	*Ida* suivi de *La comédie bourgeoise*
4557. Rainer Maria Rilke	*Au fil de la vie. Nouvelles et esquisses*
4558. Edgar Allan Poe	*Petite discussion avec une momie* et autres histoires extraordinaires
4596. Michel Embareck	*Le temps des citrons*
4597. David Shahar	*La moustache du pape* et autres nouvelles
4598. Mark Twain	*Un majestueux fossile littéraire* et autres nouvelles
4618. Stéphane Audeguy	*Petit éloge de la douceur*
4619. Éric Fottorino	*Petit éloge de la bicyclette*
4620. Valentine Goby	*Petit éloge des grandes villes*
4621. Gaëlle Obiégly	*Petit éloge de la jalousie*
4622. Pierre Pelot	*Petit éloge de l'enfance*

4639. Benjamin Constant	*Le cahier rouge*
4640. Carlos Fuentes	*La Desdichada*
4641. Richard Wright	*L'homme qui a vu l'inondation* suivi de *Là-bas, près de la rivière*
4665. Cicéron	*«Le bonheur dépend de l'âme seule». Livre V des «Tusculanes»*
4666. Collectif	*Le pavillon des parfums-réunis* et autres nouvelles chinoises des Ming
4667. Thomas Day	*L'automate de Nuremberg*
4668. Lafcadio Hearn	*Ma première journée en Orient* suivi de *Kizuki, le sanctuaire le plus ancien du Japon*
4669. Simone de Beauvoir	*La femme indépendante*
4670. Rudyard Kipling	*Une vie gaspillée* et autres nouvelles
4671. D.H. Lawrence	*L'épine dans la chair* et autres nouvelles
4672. Luigi Pirandello	*Eau amère* et autres nouvelles
4673. Jules Verne	*Les révoltés de la Bounty* suivi de *Maître Zacharius*
4674. Anne Wiazemsky	*L'île*
4708. Isabelle de Charrière	*Sir Walter Finch et son fils William*
4709. Madame d'Aulnoy	*La princesse Belle Étoile et le prince Chéri*
4710. Isabelle Eberhardt	*Amours nomades. Nouvelles choisies*
4711. Flora Tristan	*Promenades dans Londres. Extraits*
4737. Joseph Conrad	*Le retour*
4738. Roald Dahl	*Le chien de Claude*
4739. Fiodor Dostoïevski	*La femme d'un autre et le mari sous le lit. Une aventure peu ordinaire*
4740. Ernest Hemingway	*La capitale du monde* suivi de *L,heure triomphale de Francis Macomber*
4741. H. P. Lovecraft	*Celui qui chuchotait dans les ténèbres*
4742. Gérard de Nerval	*Pandora* et autres nouvelles
4743. Juan Carlos Onetti	*À une tombe anonyme*
4744. Robert Louis Stevenson	*La chaussée des Merry Men*

4745. Henry David Thoreau — *«Je vivais seul dans les bois»*
4746. Michel Tournier — *L'aire du muguet* précédé de *La jeune fille et la mort*
4781. Collectif — *Sur le zinc. Au café des écrivains*
4782. Francis Scott Fitzgerald — *L'étrange histoire de Benjamin Button* suivi de *La lie du bonheur*
4783. Lao She — *Le nouvel inspecteur* suivi de *le croissant de lune*
4784. Guy de Maupassant — *Apparition* et autres contes de l'étrange
4785. D. A. F. de Sade — *Eugénie de Franval. Nouvelle tragique*
4786. Patrick Amine — *Petit éloge de la colère*
4787. Élisabeth Barillé — *Petit éloge du sensible*
4788. Didier Daeninckx — *Petit éloge des faits divers*
4789. Nathalie Kuperman — *Petit éloge de la haine*
4790. Marcel Proust — *La fin de la jalousie* et autres nouvelles
4839. Julian Barnes — *À jamais* et autres nouvelles
4840. John Cheever — *Une américaine instruite* précédé d'*Adieu, mon frère*
4841. Collectif — *«Que je vous aime, que je t'aime!» Les plus belles déclarations d,amour*
4842. André Gide — *Souvenirs de la cour d'assises*
4843. Jean Giono — *Notes sur l'affaire Dominici* suivi d'*Essai sur le caractère des personnages*
4844. Jean de La Fontaine — *Comment l'esprit vient aux filles* et autres contes libertins
4845. Yukio Mishima — *Papillon* suivi de *La lionne*
4846. John Steinbeck — *Le meurtre* et autres nouvelles
4847. Anton Tchekhov — *Un royaume de femmes* suivi de *De l'amour*
4848. Voltaire — *L'Affaire du chevalier de La Barre* précédé de *L,Affaire Lally*
4875. Marie d'Agoult — *Premières années (1806-1827)*
4876. Madame de Lafayette — *Histoire de la princesse de Montpensier* et autres nouvelles

4877. Madame Riccoboni	*Histoire de M. le marquis de Cressy*
4878. Madame de Sévigné	*«Je vous écris tous les jours...» Premières lettres à sa fille*
4879. Madame de Staël	*Trois nouvelles*
4911. Karen Blixen	*Saison à Copenhague*
4912. Julio Cortázar	*La porte condamnée* et autres nouvelles fantastiques
4913. Mircea Eliade	*Incognito à Buchenwald...* précédé d'*Adieu!...*
4914. Romain Gary	*Les Trésors de la mer Rouge*
4915. Aldous Huxley	*Le jeune Archimède* précédé de *Les Claxton*
4916. Régis Jauffret	*Ce que c'est que l'amour* et autres microfictions
4917. Joseph Kessel	*Une balle perdue*
4918. Lie-tseu	*Sur le destin* et autres textes
4919. Junichirô Tanizaki	*Le pont flottant des songes*
4920. Oscar Wilde	*Le portrait de Mr. W. H.*
4953. Eva Almassy	*Petit éloge des petites filles*
4954. Franz Bartelt	*Petit éloge de la vie de tous les jours*
4955. Roger Caillois	*Noé* et autres textes
4956. Jacques Casanova	*Madame F.* suivi d'*Henriette*
4957. Henry James	*De Grey, histoire romantique*
4958. Patrick Kéchichian	*Petit éloge du catholicisme*
4959. Michel Lermontov	*La princesse Ligovskoï*
4960. Pierre Péju	*L'idiot de Shanghai* et autres nouvelles
4961. Brina Svit	*Petit éloge de la rupture*
4962. John Updike	*Publicité* et autres nouvelles
5010. Anonyme	*Le petit-fils d'Hercule. Un roman libertin*
5011. Marcel Aymé	*La bonne peinture*
5012. Mikhaïl Boulgakov	*J'ai tué* et autres récits
5013. Sir Arthur Conan Doyle	*L'interprète grec* et autres aventures de Sherlock Holmes

5014. Frank Conroy	*Le cas mystérieux de R.* et autres nouvelles
5015. Sir Arthur Conan Doyle	*Une affaire d'identité* et autres aventures de Sherlock Holmes
5016. Cesare Pavese	*Histoire secrète* et autres nouvelles
5017. Graham Swift	*Le sérail* et autres nouvelles
5018. Rabindranath Tagore	*Aux bords du Gange* et autres nouvelles
5019. Émile Zola	*Pour une nuit d'amour* suivi de *L'inondation*
5060. Anonyme	*L'œil du serpent. Contes folkloriques japonais*
5061. Federico García Lorca	*Romancero gitan* suivi de *Chant funèbre pour Ignacio Sanchez Mejias*
5062. Ray Bradbury	*Le meilleur des mondes possibles* et autres nouvelles
5063. Honoré de Balzac	*La Fausse Maîtresse*
5064. Madame Roland	*Enfance*
5065. Jean-Jacques Rousseau	*« En méditant sur les dispositions de mon âme... »* et autres rêveries, suivi de *Mon portrait*
5066. Comtesse de Ségur	*Ourson*
5067. Marguerite de Valois	*Mémoires. Extraits*
5068. Madame de Villeneuve	*La Belle et la Bête*
5069. Louise de Vilmorin	*Sainte-Unefois*
5120. Hans Christian Andersen	*La Vierge des glaces*
5121. Paul Bowles	*L'éducation de Malika*
5122. Collectif	*Au pied du sapin. Contes de Noël*
5123. Vincent Delecroix	*Petit éloge de l'ironie*
5124. Philip K. Dick	*Petit déjeuner au crépuscule* et autres nouvelles
5125. Jean-Baptiste Gendarme	*Petit éloge des voisins*
5126. Bertrand Leclair	*Petit éloge de la paternité*
5127. Alfred de Musset-George sand	*« Ô mon George, ma belle maîtresse... »* *Lettres*

5128. Grégoire Polet	*Petit éloge de la gourmandise*
5129. Paul Verlaine	*L'Obsesseur précédé d'Histoires comme ça*
5163. Akutagawa Ryûnosuke	*La vie d'un idiot* précédé d'*Engrenage*
5164. Anonyme	*Saga d'Eiríkr le Rouge* suivi de *Saga des Groenlandais*
5165. Antoine Bello	*Go Ganymède!*
5166. Adelbert von Chamisso	*L'étrange histoire de Peter Schlemihl*
5167. Collectif	*L'art du baiser. Les plus beaux baisers de la littérature*
5168. Guy Goffette	*Les derniers planteurs de fumée*
5169. H. P. Lovecraft	L'horreur de Dunwich
5170. Léon Tolstoï	*Le diable*
5184. Alexandre Dumas	*La main droite du sire de Giac* et autres nouvelles
5185. Edith Wharton	*Le miroir suivi de Miss Mary Pask*
5231. Théophile Gautier	*La cafetière* et autres contes fantastiques
5232. Claire Messud	*Les Chasseurs*
5233. Dave Eggers	*Du haut de la montagne, une longue descente*
5234. Gustave Flaubert	*Un parfum à sentir ou Les Baladins* suivi de *Passion et vertu*
5235. Carlos Fuentes	*En bonne compagnie* suivi de *La chatte de ma mère*
5236. Ernest Hemingway	*Une drôle de traversée*
5237. Alona Kimhi	*Journal de berlin*
5238. Lucrèce	*« L'esprit et l'âme se tiennent étroitement unis ». Livre III de « De la nature »*
5239. Kenzaburô Ôé	*Seventeen*
5240. P. G. Wodehouse	*Une partie mixte à trois* et autres nouvelles du green
5290. Jean-Jacques Bernard	*Petit éloge du cinéma d'aujourd'hui*
5291. Jean-Michel Delacomptée	*Petit éloge des amoureux du Silence*
5292. Mathieu Térence	*Petit éloge de la joie*
5293. Vincent Wackenheim	*Petit éloge de la première fois*

5294. Richard Bausch	*Téléphone rose* et autres nouvelles
5295. Collectif	*Ne nous fâchons pas ! ou L'art de se disputer au théâtre*
5296. Robin Robertson	*Fiasco ! Des écrivains en scène*
5297. Miguel de Unamuno	*Des yeux pour voir* et autres contes
5298. Jules Verne	*Une fantaisie du Docteur Ox*
5299. Robert Charles Wilson	*YFL-500* suivi du *Mariage de la dryade*
5347. Honoré de Balzac	*Philosophie de la vie conjugale*
5348. Thomas De Quincey	*Le bras de la vengeance*
5349. Charles Dickens	*L'embranchement de Mugby*
5350. Épictète	*De l'attitude à prendre envers les tyrans*
5351. Marcus Malte	*Mon frère est parti ce matin...*
5352. Vladimir Nabokov	*Natacha* et autres nouvelles
5353. Arthur Conan Doyle	*Un scandale en Bohême* suivi de *Silver Blaze. Deux aventures de Sherlock Holmes*
5354. Jean Rouaud	*Préhistoires*
5355. Mario Soldati	*Le père des orphelins*
5356. Oscar Wilde	*Maximes* et autres textes
5415. Franz Bartelt	*Une sainte fille* et autres nouvelles
5416. Mikhaïl Boulgakov	*Morphine*
5417. Guillermo Cabrera Infante	*Coupable d'avoir dansé le cha-cha-cha*
5418. Collectif	*Jouons avec les mots. Jeux littéraires*
5419. Guy de Maupassant	*Contes au fil de l'eau*
5420. Thomas Hardy	*Les intrus de la Maison Haute* précédé d'un autre conte du Wessex
5421. Mohamed Kacimi	*La confession d'Abraham*
5422. Orhan Pamuk	*Mon père* et autres textes
5423. Jonathan Swift	*Modeste proposition* et autres textes
5424. Sylvain Tesson	*L'éternel retour*
5462. Lewis Carroll	*Misch-Masch* et autres textes de jeunesse
5463. Collectif	*Un voyage érotique. Invitations à l'amour dans la littérature du monde entier*

5464. François de La Rochefoucauld — *Maximes* suivi de *Portrait de La Rochefoucauld par lui-même*
5465. William Faulkner — *Coucher de soleil* et autres Croquis de La Nouvelle-Orléans
5466. Jack Kerouac — *Sur les origines d'une génération* suivi de *Le dernier mot*
5467. Liu Xinwu — *La Cendrillon du canal* suivi de *Poisson à face humaine*
5468. Patrick Pécherot — *Petit éloge des coins de rue*
5469. George Sand — *La château de Pictordu*
5470. Montaigne — *De l'oisiveté* et autres Essais en français moderne
5471. Martin Winckler — *Petit éloge des séries télé*
5523. E.M. Cioran — *Pensées étranglées* précédé du *Mauvais démiurge*
5524. Dôgen — *Corps et esprit. La Voie du zen*
5525. Maître Eckhart — *L'amour est fort comme la mort* et autres textes
5526. Jacques Ellul — « *Je suis sincère avec moi-même* » et autres lieux communs
5527. Liu An — *Du monde des hommes. De l'art de vivre parmi ses semblables*
5528. Sénèque — *De la providence* suivi de *Lettres à Lucilius (lettres 71 à 74)*
5529. Saâdi — *Le Jardin des Fruits. Histoires édifiantes et spirituelles*
5530. Tchouang-tseu — *Joie suprême* et autres textes
5531. Jacques De Voragine — *La Légende dorée. Vie et mort de saintes illustres*
5532. Grimm — *Hänsel et Gretel* et autres contes
5589. Saint Augustin — *L'Aventure de l'esprit et autres Confessions*
5590. Anonyme — *Le brahmane et le pot de farine. Contes édifiants du Pañcatantra*
5591. Simone Weil — *Pensées sans ordre concernant l'amour de Dieu* et autres textes
5592. Xun zi — *Traité sur le Ciel* et autres textes

5606. Collectif — *Un oui pour la vie ? Le mariage en littérature*

5607. Éric Fottorino — *Petit éloge du Tour de France*

5608. E. T. A. Hoffmann — *Ignace Denner*

5609. Frédéric Martinez — *Petit éloge des vacances*

5610. Sylvia Plath — *Dimanche chez les Minton* et autres nouvelles

5611. Lucien — *« Sur des aventures que je n'ai pas eues ». Histoire véritable*

5631. Boccace — *Le Décaméron. Première journée*

5632. Isaac Babel — *Une soirée chez l'impératrice* et autres récits

5633. Saul Bellow — *Un futur père* et autres nouvelles

5634. Belinda Cannone — *Petit éloge du désir*

5635. Collectif — *Faites vos jeux ! Les jeux en littérature*

5636. Collectif — *Jouons encore avec les mots. Nouveaux jeux littéraires*

5637. Denis Diderot — *Sur les femmes* et autres textes

5638. Elsa Marpeau — *Petit éloge des brunes*

5639. Edgar Allan Poe — *Le sphinx* et autres contes

5640. Virginia Woolf — *Le quatuor à cordes* et autres nouvelles

5714. Guillaume Apollinaire — *« Mon cher petit Lou ». Lettres à Lou*

5715. Jorge Luis Borges — *Le Sud* et autres fictions

5716. Thérèse d'Avila — *Le Château intérieur. Les trois premières demeures de l'âme*

5717. Chamfort — *Maximes* suivi de *Pensées morales*

5718. Ariane Charton — *Petit éloge de l'héroïsme*

5719. Collectif — *Le goût du zen. Recueil de propos et d'anecdotes*

5720. Collectif — *À vos marques ! Nouvelles sportives*

5721. Olympe De Gouges — *« Femme, réveille-toi ! » Déclaration des droits de la femme et de la citoyenne* et autres écrits

5722. Tristan Garcia — *Le saut de Malmö* et autres nouvelles

5723. Silvina Ocampo — *La musique de la pluie* et autres nouvelles

Composition IGS-CP
Impression Novoprint
à Barcelone, le 7 mars 2014
Dépôt légal : mars 2014
1er dépôt légal dans la collection : décembre 2011

ISBN 978-2-07-044537-0./Imprimé en Espagne.

266567